Herstellung: Books on Demand GmbH

ISBN 3-8311-1602-4

Augenblicke

Sara Adams

Für Kai
Mehr Worte bedarf es nicht

Inhalt

Vorwort

Wenn ich ein Buch aufschlage und als erstes erwartet mich ein Vorwort, dann blättere ich vor um zu sehen wie lang es denn ist. Wann ich denn anfangen darf das eigentliche Buch zu lesen. Und ich frage mich, ob da überhaupt etwas wichtiges steht, das ich unbedingt wissen muss um das Buch zu lesen. Manchmal ist es das – oder zumindest sehr hilfreich – manchmal nicht.

Ob dieses nötig ist? Ich weiß es nicht. Ich denke für einige ja, für einige nicht. Was mir am Herzen liegt zu sagen, bevor die Texte gelesen werden, ist folgendes:

Der Mensch hat ein kausale Denken in sich, das nach dem WARUM fragt und WELCHER ZUSAMMENHANG BESTEHT.

Doch das Leben bringt so selten eine Erklärung. Die Zusammenhänge bleiben oft unklar – zumindest vorerst.

Das wichtige beim Lesen dieser Texte ist, dass man nicht nach Zusammenhängen sucht, sondern jeden als eine eigene kleine Geschichte ansieht.

Und das ist auch alles, was ich zu sagen habe, bevor Sie in die Welt der Augenblicke eintauchen. Und jeder Augenblick gleicht nicht dem vorherigen.

10

1. Ein neues Leben, bitte

Die Entscheidung lässt mich zögern. Ich bleibe stehen, betrachte die Wände, die den schmalen Weg einengen. Schwarz sind sie, pechschwarz, nicht wirklich dunkel. Wie die schwarze Nacht, die finster sein könnte. Aber der Mond gibt einen hellen Schimmer. Kein schöner Glanz, wie mit Cola überschüttet. Ich gehe weiter. Den endlos erscheinenden Weg entlang. Jeder Schritt wie Kilometer. Ich schließe meine Augen und bewege mich weiter. Endlich merke ich Licht, selbst durch die geschlossenen Lider. Ich bin angekommen. Ich öffne die Augen, ertrage die schmerzende Helle von Halogenstrahlern. Wände, weißer als frischer Schnee, kein Ort des Schattens. Überall reflektiert das Licht wieder und wieder und wieder. Ich gehe zur ersten Theke.

"Sie wünschen?", fragt die Frau am Schalter. Sie trägt reines Weiß wie es sich gehört für Angestellte dieser Abteilung. Ihre Haut ist hell und zart, ohne Rouge, keine Farbe, das perfekte Modell für eine wertvolle Porzellanpuppe. Schminke wäre gegen die Anweisungen, alles soll hell und rein sein. Nur die Haare sind pechschwarz, ein kleines Löckchen hat sich aus der weißen Haube gelöst. Es sieht so weich aus und ich würde es am liebsten berühren. Die kleine Widerspenstigkeit lässt sie nur noch reiner und vollkommener erscheinen. Ich schließe meine

11

Augen und atme ihren Duft der puren Reinheit. Dann blicke ich in ihre Augen. Sie ist ruhig und mein Zögern beunruhigt sie nicht. Sie ist es gewohnt. Es kommen Menschen, die zu wissen glauben, was sie wollen und dann stehen sie da und schweigen und denken nach und fassen nochmals Mut.

Ich schaue mich um. An der Theke nebenan steht ein Mann und ich merke, er steht dort schon Jahre. Mit den gleichen Gedanken. Das gleiche Zögern. Erschrocken zucke ich zusammen, denke an dessen verlorene Zeit und schaue die schöne Frau gerade an. Und sage:

"Ein neues Leben, bitte."

Die Frau lächelt, ich würde gerne wissen wie sie heißt. Doch das ist unmöglich, die Namensschilder sind leer und weiß. Sie holt ein Formular.

"Also gut. Anliegen: nova vita." Ihre leere Stimme nun streng, ganz technisch. Es macht mir nichts, die stählerne Härte gibt der zarten Erscheinung nur noch mehr Ausdruck. Ihre Schrift; ohne Schnörkel, ohne Rechts- oder Linksneigung, ganz monoton wie eine Schreibmaschine. Doch von ihrer Hand geführt erscheint sie so lebhaft und geschwungen.

Noch ein Schritt.

"Name?" Ich zögere. Stille, unerträglich. Ich breche sie, vielleicht etwas zu laut, etwas zu hart, einer Verurteilung gleich: "Ralf Memminger."

Es ist raus. Zufrieden blickt die Frau vom Formular hoch und lächelt.

"Nun, Sie wissen was auf Sie zukommt? Nein? Sie werden es herausfinden, keine Angst. Sie werden sich aufklären. Nehmen Sie bitte ihren Platz im Shuttle ein." Ihr Gesicht hat Farbe erhalten, die Wangen röten sich, die Augen glitzern, die Lippen schimmern. Sie ist in Eile. Sie hat keine Zeit mehr. Ich verstehe, ohne zu wissen.

Kaum spüre ich meine Schritte, kaum steuere ich sie selbst. Sie sind automatischer Vorgang. Obgleich der Weg mir unbekannt ist, schreite ich mit Gewissheit. Er schien so kurz zu sein, war er doch endlos lang. Ich sitze und schließe die Augen.

Ein Augenschlag. Ich blicke neben mich. Ein alter Mann sitzt dort. Er wirkt auf mich als sei er frisch geboren, das Gesicht aus Leder, das Hände aus zusammengestauchtem Krepppapier, das Haar aus weißem Nylonfaden. Der Körper aus brüchigem Holz. Die Augen, die so viel Hoffnung und Leben ausstrahlen, . . .

"Sie – Sie haben schon was Sie wollten?" frage ich zaghaft.

"Ja." Nur dieses einzige Wort, doch strahlt es so viel Kraft und Vitalität und Mut und – einfach Leben aus. Was er sich wohl gewünscht hat...

"Wie heißen Sie, junger Herr?" Stocken, wohl aus Verwunderung, aus meinen Gedanken gerissen. Ich möchte ihm antworten, setze an um ihm meinen Namen zu nennen, öffne meinen Mund, will ...

13

Wieder versuche ich meinen Namen auszusprechen, meinen Namen . . .

Der alte Mann lacht amüsiert.

"So so, ein neues Leben also wünscht der Herr..., ja ja, wenn du nur wüsstest." Schweigen. Minutenlang. Ich blicke ihn fragend an. Er ist mir ein Rätsel, ein Rätsel.

"Nun, man hat dich wohl nicht aufgeklärt. Lass mich mein Wissen mit dir teilen. Ich bin alt und habe so allerhand deiner Sorte getroffen. Du wünscht ein neues Leben, und das ist kostspielig. Es gibt keine Massenanfertigungen, es müssen Gedanken miteingebracht werden. Sie haben ihren Preis. Deine Erinnerung ist gute Bezahlung. Solange es in Bearbeitung ist, musst du allerdings an den Ort Kokoz. Dahin fährt das Shuttle."

"Kokoz?" Die Stimme des alten Mannes war so – weise gewesen. Sie sagte so viel mehr als die Worte, die sie formte. Strömte Liebe und Schmerz zugleich aus.

"Nun, mein Junge, ich möchte nicht zu viel verraten, doch es ist ein teures Leben dort." Damit wendet er sich ab. Ich werde nervös. Keinen einzigen Pfennig habe ich bei mir. Ich will den alten Herrn fragen, ob er mir wohl etwas borgen könnte. Er sieht sehr friedlich aus. Ich will ihn nicht stören, will ihn nicht aufschrecken, sage dennoch zaghaft: "Herr?"

Er sieht mich an, und ich erkenne Hoffnung und endlose Güte in seinen Augen. Frage statt dessen:

14

"Darf ich Ihren Namen erfahren?" Ein eigenartiges Lächeln, etwas gleicht es dem stolzen Lächeln eines Vaters, wenn der Sohn ihn verstanden hat.

"Nun, mein Kind", und diese Anrede erschreckt mich, "meinen Namen kann man nicht aussprechen, nicht so wie du es kennst. Die Stimme allein hat nicht die Möglichkeit und ihr Menschen" – IHR Menschen – "verfügt nicht über mehr. Diese Fähigkeit habt ihr verworfen und es macht euch mir unähnlicher. Doch gebt ihr mir einen Namen. Ein jämmerlicher Versuch eigentlich." Die letzten Worte sanft. Traurige Ruhe klingt mit ihnen, die so viel mehr sagt. Sie beschreibt das Versagen, den Schmerz des Mannes und zeigt, dass die Menschen sich des Scheiterns nicht bewusst sind. Ich nehme kurz die Hand des Mannes, blickte ihn mitfühlend an und belästige ihn nicht weiter. Er scheint mich jedoch nicht mehr wahrzunehmen. Ich bezweifle er hätte darauf reagiert, würde ich nochmals versucht haben Kontakt mit ihm aufzunehmen.

Ich blinzle. Doch meine Lider sind zu schwer. Ich kann sie nicht mehr heben. Bin in einen traumlosen Schlaf gefallen, noch bevor ich es realisieren konnte.

Ich öffne meine Augen. Ich sitze auf einem Stuhl in einer Halle. Ich blicke nach links, sehe ein riesiges Geschäft, in das ich hineingehe.

Es ist ganz grün, sehr beruhigendend, die Farbe der Nadeln von Tannen tief im Wald. Ein gesunder Ton, den ich zuvor nie gesehen habe, jedoch sofort wieder erkenne. Das Geschäft. Keine Kasse, keine Kunden, keine Verkäufer – nur Regale, Kästchen, plektrenähnliche Chips in ihnen. Ich verlasse den Laden wieder. Er macht mir Angst. Er strahlt eine vollkommene Leere aus. Auch das gesunde Grün verbirgt sie nicht.

Es gibt einen Ausgang aus der Halle. Eine Türe, deren Farbe ich nicht definieren kann. Sie öffnet sich voll automatisch, doch kann ich kein Surren oder ähnliches hören. Ich schüttle meinen Kopf um mir keine Gedanken mehr über solche Dinge zu machen. Blicke umher und sehe Weite. Unendliche Weite. Nichts als roter Boden. Ich drehe mich um und auch dort nur Weite. Starr blicke ich in sie hinein, ich weiß nicht wie lange.

"Entschuldigung" Eine Stimme befreit mich aus meiner Trance. Ein Mann steht vor mir.

"Wissen Sie, dass sie mich an meinen Vater erinnern?" Ich weiß nicht wieso ich das sage, auch ist mir das egal. Ich fahre fort. "Einmal, da hat er zu Ostern im ganzen Haus kleine Sachen versteckt. Ich war noch klein. Es waren Süßigkeiten und wir haben alle etwas gesucht. Jeder hat viel gefunden, nur ich nicht. Da stand eine Truhe bei der Treppe und ich setzte mich darauf. Es war ein Schokoladenei zwischen die Klappe geklemmt und nun zerdrückte ich es. Mein Bruder lachte mich aus und ich fing an zu weinen. Mein Vater versuchte mich zu trösten;

Zumindest habe ich jetzt auch etwas gefunden; doch es half mir nicht. Er verstand nicht was ich damals fühlte."

Erschrocken, dass ich das gesagt habe, reiße ich die Augen auf. Ich hatte in das Nichts geschaut, hatte geredet ohne wahrzunehmen, dass ich es tat und fühle eine gewisse Panik. Ich sehe mich nach dem Mann um, doch er ist fort. Irgendwie fühle ich mich ärmer als zuvor, auch leichter. Ich setze mich auf den Boden und atme tief durch. Lasse den Kopf hängen und blicke zum Boden. Dort wächst ein Gänseblümchen.

"Als es Sommer war setzte ich mich mit Julia oft auf die Wiese. Einmal machte sie mir eine Kette aus Gänseblümchen und schenkte sie mir. Ich nahm sie und setzte sie auf ihren Kopf, auf ihr Haar und sie stand ihr viel besser. Ihre Augen glitzerten wie das blaugrüne Meer und sie lachte und ich musste sie einfach küssen."

Es fängt an zu regnen und ich suche nach einen Unterschlupf. Zwar stört mich der Regen nicht, doch es scheint mir angebracht ins Trockene zu gehen, es zumindest zu versuchen.

"Mama hat es immer genossen im Regen zu gehen. Wenn es anfing zu regnen nahm sie sich die Zeit rauszugehen und zu spazieren. Einmal fragte ich sie wieso sie das mache. Und sie antwortete sie möge es wenn es egal ist ob man weint oder nicht, denn die

Regentropfen würden sich mit den Tränen vermischen.

Mein Vater verabscheute das Weinen."

Tatsächlich. ich habe die Worte ausgesprochen. Nachdem ich – kaum fassend – meinen gesenkten Kopf geschüttelt habe, blicke ich wieder nach oben und sehe eine kleine Hütte.

Ich klopfe an die Türe. Ein kleiner Junge macht auf. Er bittet mich hinein und irgendwie macht er mich nachdenklich. Er ist sehr jung, doch seine Augen strahlen ein großes Wissen aus. So als ob er schon ganz lange hier wäre und schon sehr viel erfahren und erlebt hätte. Er erinnert mich an den alten Mann, den ich im Shuttle getroffen hatte.

"Erzähl mir eine Geschichte" sagt der Junge. Ich möchte seinen Wunsch erfüllen und setzte mich in den Sessel, der vor dem Kamin steht und nehme den Jungen auf den Schoß.

"Als es Sommer war ..." Ich weiß nicht weiter. Was war im Sommer gewesen? Ich fange anders an.

"Einmal, zu Ostern ..." Auch hier weiß ich nicht weiter und ich bekomme Panik. Hastig verabschiede ich mich vom kleinen Jungen und stürme in den Regen. Ich empfinde nichts für ihn. Er ist mir egal. Er ist nur fallendes Wasser.

Ein Buch liegt auf dem Boden und es wird durchnässt. Ich hebe es auf und schütze es unter meinem Pulli. Dann gehe ich in die Weite.

Irgendwann hört es auf zu regnen und ich schaue mir das Buch an. Es hat keinen Titel und einige Seiten sind leer. Wahllos fange ich an zu lesen.

"Mein Freund und ich, als wir zusammen im Internat waren, wir hatten viel Dummes im Kopf. Wir konnten zwei, sie waren Geschwister, nicht leiden. Da nahmen wir Sachen von anderen und steckten sie in ihren Schrank und sagten sie hätten es geklaut. Sie weinten aus Verzweiflung denn niemand glaube ihnen und mein Freund und ich, wir lachten später darüber."

Ich blättere um, blättere nochmals zurück und die Seite ist leer. Weiße Leere. Ich weiß nicht was zuvor dort stand, weiß nicht, dass dort je etwas gestanden ist und lese weiter.

Als ich das Buch beiseite lege ist es leer. Ich blicke auf und sehe eine Halle. Sie hat einen Eingang, doch ich könnte seine Farbe nicht definieren. Ich gehe in die Halle und da ist ein Geschäft. Es ist in einem gesunden grün gehalten und da gibt es keine Kasse, keine Kunden, keine Verkäufer. Dort stehen nur Regale mit Kästchen drauf, in denen Chips sind, die wie Plektren aussehen und nach Farben sortiert sind. Da steht ein Stuhl und ich setzte mich auf ihn, denn ich bin lange gegangen und erschöpft. Ich fühle mich schwach und arm. Ich schließe die Augen und falle in einen traumlosen Schlaf.

Ein Augenschlag, ich blicke um mich. Ich bin in einer Halle, die ganz weiß ist, so weiß wie frisch gefallener Schnee. Es ist sehr hell und es gibt keinen Ort des Schattens. Ich gehe zu einen von vielen vielen Schaltern. Dort steht eine Frau. Sie ist ganz weiß gekleidet und ungeschminkt. Sie hat etwas an sich, das sie sehr sehr rein erscheinen lässt.

"Ihr Antrag wurde bearbeitet.", sagt sie und ihre Stimme ist so lieblich. " Hier ist ein Buch über Ihr neues Leben. Ich hoffe sie sind zufrieden."

Ich nehme das Buch und schreite aus der Halle. Ich gehe einen Gang entlang. Er erscheint mir kilometerlang, obgleich er nur wenige Meter reicht. Ich bleibe stehen um nicht weitergehen zu müssen. Die Wände, die den schmalen Weg einengen, sind schwarz. Doch mit einem irgendwie hellen Schimmer.

Um den Stop zu verlängern, ihn irgendwie zu strecken, nehme ich das Buch und schlage es auf irgendeiner Seite auf. Dort steht: "Als es Sommer war...

2. Liebe

Weißt du, wie gern ich mich jetzt einfach von dir in den Arm nehmen lassen würde und einfach weinen wollte? Meinen Kopf an deine Schulter lehnen und weinen und weinen und weinen – nicht, weil es mir schlecht geht, einfach weil ich manchmal das Bedürfnis habe zu weinen. Noch schöner mich bei jemandem auszuweinen. Und so selten mache ich das wirklich. Und manchmal tue ich es doch. Und schlafe. Traumlos. Denn für einige Momente habe ich vergessen. Für einige Momente ist alles nicht nur aus meinem Bewusstsein, sondern auch aus meinem Unterbewusstsein verschwunden. Und ich denke nichts, mache nichts, bin nichts – bis deine Schulter von meinen Tränen nass wird. Und du würdest mir über meinen Kopf streicheln und sagen alles sei gut. Alles sei wunderbar. Alles sei einfach wunderbar. Und du würdest mich einfach umarmen. Für eine Ewigkeit. Denn die Zeit hätte keine Bedeutung. Und ich würde aufblicken mit meinen verweinten Augen und ich hätte kein Gefühl dafür wie viel Zeit vergangen war. Sekunden oder Stunden. Und es wäre bei dir genauso.
Aber du bist nicht hier. Und wenn du hier wärst, würde es auch nichts ändern. Ich könnte es nicht. Es ist – wäre – zu viel Nähe. Ich habe dir so viel von mir – mir – gezeigt und ich habe so viel angst. Ich weiß nicht genau, was du von mir denkst, aber sicherlich

hältst du mich für stark und mutig – und einfach etwas unerklärlich. Aber ich fühle mich so oft schwach. Und feige. Weil ich so viel angst habe. Und ich kann nicht jede Angst überwinden. Nicht die Angst vor Nähe. Und das ist ein Problem.

Du weißt verdammt viel von mir und ich habe dich sehr nah an mich gelassen. Wenn wir alleine sind, fühle ich mich dir so nah – nicht nur dann, aber dann ganz besonders – und irgendwie ist alles wie ausgewechselt. Als wärst du ein anderer und das würde alles ändern. Wie gern würde ich schreiben auch ich sei eine andere. Aber es fühlt sich nicht so an. Es ist, als wäre ich mehr als sonst ich und nicht eine andere. Und dennoch machst du mich zu einer ganz anderen Person. Du kennst mich wie niemand sonst. Aber dennoch gibt es eine Grenze, die ich nicht überschreiten kann. Und dann gibt es Momente, in denen ich sie überschreite und es ist so wunderschön. Kleinigkeiten – nein, das sind sie nicht. Als wir uns umarmt haben, kurz, zum Abschied. Weißt du, wie ungewohnt das für mich ist? Weißt du, wie selten das ist? Weißt du, was mir das bedeutet? – Kannst du es überhaupt erahnen? –

Aber es besteht dennoch so eine Distanz zwischen uns – und in gewisser Hinsicht ist das gut so – oder eher, es macht vieles leichter für mich. Denn ich könnte mich niemals so gehen lassen – ich kann es mir nicht vorstellen – ich kann es mir nicht vorstellen wirklich zu machen. Körperliche Nähe ist so – ungewohnt. – Sie macht mir angst. Sie erscheint mir wie ein unerreichbarer Traum. Eine Phantasie, die nicht in Erfüllung gehen kann, denke ich mir. – Und vielleicht denkst du dir, dass das bei Chris wohl nicht so ganz der Fall war. Diese Distanzhaltung. Denke ich mir zumindest. Aber da gab es einen Unterschied.

Erstens war ich verliebt und zweitens habe ich in jeder anderen Hinsicht Distanz gehalten. Er kannte mich nicht und nur deshalb war es wohl auch möglich. Die ganze Beziehung war nur körperlich – wobei ich sagen muss, dass der Sex gar nicht so gut war, wie du vielleicht denken magst – und Beiseiteschieben aller Probleme – durch das Körperliche – um einfach glücklich zu sein. Und das Schlimme daran, dass er weg war, war nicht, dass er nicht mehr da war, sondern, dass ich die ganzen Probleme nicht mehr verdrängen konnte – denn ich hatte nicht mehr die Zuflucht der naiven Julia, der Freundin von Chris – und sie die ganze Zeit gewachsen waren. – Und ich nicht mehr auf sie eingestellt war. – Und es fing nicht erst an, als es zwischen uns aus war – sondern schon viel früher.

Aber der Punkt ist, dass du viel von mir weißt – viel, das du nicht weißt, aber doch verhältnismäßig viel, das du weißt – und ich empfinde so viel. Irgendwie sind du und ich genau das Gegenbild zu der Beziehung zwischen mir und Chris. Bei ihm war es fast nur körperlich, er kannte mich nicht, ich war in ihn verliebt und er war so – jung. – Obwohl er Jahre älter war. –

Und nun also das Gegenteil. Du und ich. Unsere Freundschaft. Und du bist so anders und ich liebe dich. Vergiss das niemals – egal was ich sage oder mache. Ich liebe dich. – Und denk nicht, es ist einfach jemanden zu lieben. Es sei etwas, das "einfach so" kommt. Es brauch viel Kraft und es steckt viel – Arbeit dahinter. – Sich zu verlieben ist einfach. Zu Lieben ist etwas so anderes. – Und ich weiß nicht, ob es dir gefällt oder nicht. Aber es ist so. Und schon allein die Tatsache, dass ich es mir eingestehe – dass ich es zugelassen habe ist so viel. Denn Lieben kann man nur wenn man sich auch öffnet, und es ist eine eigene Entscheidung ob man das macht oder nicht. Noch viel mehr dass ich es dir sage – schreibe. Ob ich es sagen könnte? Ich kann es mir nicht vorstellen – nicht realistisch, nicht so wie es wirklich sein würde – aber ich weiß ich könnte es doch. Auf jeden Fall ist es sehr – viel. Denn es bedeutet Nähe. Nähe von dir zu mir. Und ich lasse sie zu. Verstehst du diese Nähe? Ich weiß nicht, ob ich es tue, aber es ist etwas ganz Neues und

Ich vermisse dich. Und das ist ein Gefühl, das ich noch nie zuvor empfunden habe.

3. Kalte Füße

Ich setze mich auf den Boden. Lege mich. Rolle mich zusammen und will in einen tiefen Schlaf fallen. Bin so müde und kann nicht schlafen. Schließe meine Augen und tiefes Schwarz strömt in mich ein. Umschließt meine Lider. Wie ein dunkler Mantel umhüllt die Dunkelheit mich. Doch ich schlafe nicht. Starre nur in das schwarze Nichts meiner geschlossenen Lider. Vollkommen schwarz ist die Leere nicht; helle Punkte, Lichtstreifen stören die absolute Finsternis.

Ich liege im Sonnenschein und er wärmt meine Haut. Es fühlt sich überall brennend warm an und ein leichter Wind weht, gerade so kühl, dass Gänsehaut mich erschauern lässt. So starre ich in die Dunkelheit, die nicht ganz vollkommen ist. Und schlafe ohne wirklich zu schlafen. In dem Schwarzen leuchten helle Punkte auf. Sand. Ich greife in ihn, lasse ihn durch meine Hände gleiten, die körnige Glut. Ich knie und lege mich in ihn. Rolle mich zusammen um Wärme in der Wüste zu finden. Öffne meine Augen und sehe eine Truhe. Sie scheint antik und ganz modern, verwittert und doch unversehrt. Ein Schloss, nicht groß, nicht klein, versperrt den Inhalt. Das Holz, braun, schwarz und doch auch rot, ist weich und splittert fürchterlich. So seh ich sie, die Kiste da, und heb die Hand, den Arm und reck mich hin. Mit meinen Fingerspitzen such ich den Kontakt, doch kaum will ich die berühren, ist sie schon fort. Ich erkenn, sie war von unschätzbarem Wert, ist nunmehr fort und nicht verloren. Da kommt mir eine Feuchte in das Auge, sammelt sich zu einer einz'gen Träne. Die fließt und wandert mein Gesicht entlang. Ich heb den Kopf und schmeckt den salzigen Genuss auf meinen Lippen. Da dreh ich mich, blick hinter mich das erste Mal und seh ein Reich von tausend Türmen. Die scheinen fern und doch ganz nah, vollkommen und vergänglich. Da reg ich mich, steh auf und schau. Stramm steh ich da, ganz kerzengrad und voller Würde. Blick etwas hoch, die Arme grade runter. Nun setz ich einen Schritt, nicht rück und nicht den Türmen hin. Es ist ein Schritt, doch er legt keinen Weg zurück.

So geh ich nun im heißen Sand und frieren tun die Füße. Doch da! Was seh ich da? Ein Becher, wohl achtlos stehn gelassen. Er ist aus Kupfer, ganz verrostet. Der Regen wohl, der niemals fällt, der ist's gewesen. Ich heb ihn auf und ehrt ihn hoch. Er bringt mir nichts, ist scheinbar nutzlos und verwegen. Da küsst ich ihn, er ist mir lieb. Und merk der Rost sind glitzernde Rubine. Ganz roh noch, ungeschliffen, rau und wunderschön. Ich heb den Blick nun wieder gen des Weges und seh, so wie ich wanderte, kaum merkte ich's, bin ich schon da. An einem andern Ort. Er ist ganz warm, so wohlig warm und frieren tun die Füße nimmer mehr.

Da blick ich in den Abgrund, seh unendliche Tiefe. Eine Brücke über sie. Ich schreite sie entlang. Sie schwankt unter meinem Gewicht. Hat kein Geländer, wird immer dünner. So dünn bis sie endet. Blicke wieder hinab. Schwindelerregende Höhe. Schwanke unter der Vorstellung. Springe und falle und tauche in tiefes Schwarz ein, tauche aus tiefem Schwarz auf. Wasser rinnt mein Gesicht entlang und ich blicke nach oben. Sehe die wimperne Brücke. Finde mich in der Pupille wieder. Schwimme durch sie hindurch bis ich in das blaugrüne Meer deiner Iris gelange.

Wirrwarr der tanzenden Körper. Der pulsierenden Lichter. Der künstlichen Nebelschwaden. Frische Stille in der lauten, stickigen Atmosphäre. Regungslos schön zwischen schwitzenden Menschen. Zwischen Gewühl aus fetten und hageren Leibern. Eine freie Stelle, hell im Düsteren, klar im verschwommenen Nebel. Dein reines Gesicht, dein reines Blaugrün. Und ich wusste, du würdest mein werden. Musstest mein werden.

Das Ufer. Ich klettere aus den Tränen und wandere den Hügel hinauf, den Berg hinab. Klettere auf das Läppchen, rutsche den Gehörgang entlang. Verliere das Bewusstsein bei der unbeschreibbaren Geschwindigkeit. Komme wieder zu Bewusstsein wie ich auf Boden lande. Überall bunte Windungen. Marmorierungen, die sich stetig bewegen und verändern. Muster, die langsam mutieren und neue Muster bilden. Eindrucksvollere und unscheinbarere.

Konstante Veränderung, manche kaum erkennbar langsam, andere rasend schnell. Ich klettere über sie, zwänge mich durch sie hindurch. Bin von schleimigen Batz umhüllt. Wische ihn unbeholfen von mir und blicke erstmals richtig um mich. Fixiere nicht die einzelnen Wunder, sondern das ganze Werk. Bemerke erst jetzt, nicht alle Windungen sind bunt. Viele sind schwarz. Ganz unvermittelt und ohne Übergang plötzlich schwarz. Hart, unbewegt. Verkrustet. Vergessen gehofft. Genauso abrupt fängt die lebendige Farbe wieder an. Stellen von Schwärze. Und ich schrecke auf. Reiße meine Augen auf in Panik. Schließe sie wieder vor der grellen Sonne und halte meine Hände schützend vor sie. Bin wieder da und fühle mich benommen und spüre vergessen gehofften Schmerz. Und denke:

Manchmal glaubt man unendlich viel Kraft zu haben und manchmal wiederum fühlt man sich so schwach und hilflos. Und es ist so verzweifelnd zu sehen, dass das eine nicht ohne das andere bestehen kann, dass die Kraft nur da ist, weil auch die Schwäche existiert, dass man Schwäche hat und nicht einfach durch Kraft ersetzen kann.

Und dann hast du Kraft und kannst so viel machen, machst so viel, und so viel davon weißt du, dass falsch ist, dass du dir wünscht du hättest nicht diese Kraft. Und dann ist sie wieder verschwunden und du bist einfach am Boden und weißt nicht mehr weiter, wünscht dir Kraft. Und der Kreislauf ist geschlossen.

Und im Endeffekt kannst du ihn nicht verhindern. Du kannst ihn dehnen, ihn stauchen, doch unabänderlich ist der Wechsel von Kraft und Schwäche, ein Zyklus, beeinflusst durch das eigene Leben, das Denken, das Handeln, das Fühlen, jedoch noch immer mit einer eigenen, inneren, treibenden Kraft.

4. Lichtblick

Auf einmal Trauer, Schmerz, ich fühle mich so wie früher, als ich noch meine Depressionen hatte. Doch auf einmal ein Lichtblick, ich denke an Julia, ein gutes Gefühl strömt durch meinen Körper, ich muss lächeln, sie gibt mir Kraft. So unwahrscheinlich viel Kraft, nichts scheint unmöglich, alles scheint vor mir aufzublühen. Weicher, reiner Schnee, weiß wie die Unschuld. Er schmilzt dahin so wie ich in ihren Armen, sie in meinen Armen. Eine Träne von Freude entsteht. Schmerz ist vergessen, alles leuchtet hell. Die Tränen der Freude spalten die helle Kraft, ein Regenbogen der Liebe entsteht für alle, die hochblicken. Die, die runter schauen sehen ihn nicht, für sie ist alles dunkel. Ich blicke hoch, mein Licht, meine Julia blickt mir von oben in die Augen.

Du hast geschlafen. Ich schaute dich an. Du sahst so friedlich aus. Deine Lider bedeckten sanft deine Augen, so oft blicken sie zärtlich zu mir. Deine ebene, schöne Nase, deine Brauen, die einen zarten Bogen bilden. Die Kinnlinie so endlos und weich. Deine Lippen ein warmes Rot.

So warm wie die Sonne, sie strahlt das Licht, die Wärme in mein Gesicht, die Kraft strömt in mein Herz, so unendliche Kraft entsteht. Alles ist möglich mit dieser Kraft. Meine Julia, meine Kraft, meine Liebe. Ich ziehe die Blicke der Anderen nach oben mit meinem unendlichen Lächeln. Und die Liebe strömt durch aller Herzen. Ich will nur dich.

5. Die Rastlosen

Ich gehe. Bin schon Kilometer gegangen. Unendlich weit. Aber es macht mir nichts. Nein, es ist ... irgendwie angenehm. Ich möchte zum See. Schwimmen. Da ist ... ein Wettkampf. Ich muss an einem Wettschwimmen teilnehmen. Hab nur noch mal nach Hause geschaut und muss jetzt zurück. Damit ich nicht zu spät komme. Ich gehe an der Autobahn entlang. Da ist eine Baustelle. Sie legen einen direkten Weg zum See, aber der ist noch nicht fertig. Ein paar Meter vor der Baustelle ist eine weitere Abfahrt. Da ist ein Parkplatz und eine Gaststätte. Da steht ein Auto und Vater und Mutter kämpfen mit dem zusammenklappbaren Buggie. Ich gehe zu ihnen und helfe ihnen. Sie bedanken sich. Sie haben Schwimmsachen und so im Kofferraum. Die Frau hat noch halbnasse Haare. Ich frage wie ich wohl zum See komme. Denn ich weiß es nicht. Sie sagen sie wissen es nicht. Und fahren. Natürlich wissen sie es. Sie kommen gerade von ihm. Sie machen sich lustig über mich. Meinen "Schau dir die an, weiß den Weg nicht!" und ich höre es durch die geöffneten Scheiben. Und lachen. So laut, dass ich es hören kann. Und zeigen mit dem Finger auf mich. Es macht ihnen ganz offensichtlich nichts aus, dass ich merke, dass sie sich über mich lustig machen.
Da fährt ein Kleinbus vorbei. Viele kleine Kinder, alle nicht älter als fünf, sitzen drinnen. Und der Fahrer

scheint der Erzieher zu sein. Er reißt den Lenker scharf nach links und kommt schlitternd schräg zum Halten. Der Erzieher sieht gut aus. Seine braunen glitzernden Augen. Der durchtrainierte Körper. Das dunkle, gesunde Haar. Und die weichen Lippen, die warm lächeln und weiße Zähne zeigen. Er fragt nach dem Weg. Und ich spüre brennende Hitze meinen Körper durchfahren. Ich weiß den Weg selbst nicht. Ein Paar kommt an uns vorbei. Sie gehen Arm in Arm.

Ich gehe in die Gaststätte um nach dem Weg zu fragen.

Mein Onkel ist da. Er und seine hochschwangere Frau kommen gerade vom See, auch sie wollen mir nicht helfen. Mein Onkel kommt aus Zimmer 306. Er geht die Treppe hoch. Ich stehe schon im Getränkelager als er dort hin kommt. Er holt eine Kiste Fanta.

"Wieso wolltest du mich nicht fahren?"

Und er sagt "Wieso fahren, wenn ich reiten kann?"

Und ich weiß, so gewiss, ganz plötzlich, dass er vorhat mich zu vergewaltigen. Und seine Augen leuchten. Die des Teufels.

"Du wirst es nicht packen. Die Mama und der Papa haben´s auch nicht gepackt." Wieso ich das sage? Ich weiß es nicht. Ich renne vor ihm weg. Spüre seine Wut. Er will zu mir rennen, stolpert über den Fantakasten und eine klebrige Spur läuft über den Boden. Ist er tot?

Er kann nicht tot sein, sind doch nur Plastikflaschen.

"Was ist los mit dir?"

Keine Reaktion.

Zaghafte Schritte in seine Richtung.

"Onkel? Bist du tot?"

Absurdität, ich will doch von ihm weg rennen. Absurdität, zu fragen, ob er tot ist. Absurdität, sich ihm zu nähern, wo er doch noch leben könnte. Er, der heiße Wut auf mich hat.

Abrupte Kopfbewegung. Plötzlich aufgerissene Augen. Er blickt auf. Flammende Augen.

"Ne, Kleines, davor muss ich noch was erledigen."

Ich renne aus dem Lager, bleibe vor dem Gelände stehen. Blicke nach unten. Eine Sitzung. Eine Kirchenversammlung. Vorne eine Pastorin. Sie ist schwarz. Die Besitzerin der Gaststätte. Alle starren sie an. Ich drehe mich, sehe, dass mein Onkel näher und näher kommt. Blicke wieder nach unten. In die Tiefe. Und stürze mich in sie. Fliege. Falle. In welche Haltung soll ich mich bringen um mich am wenigsten zu verletzen? Platsch. Und ich bin tot.

Die Frau rennt zu mir. Ein Kreis versammelt sich um mich. Und meine Leiche wird abtransportiert.

Die Todesursache: Ich bin ertrunken. Und in mir wurden elf verschiedene Spermaproben gefunden.

Es ist dunkel und es klopft an der Tür. Der Tür der Gaststätte. Drei Frauen machen auf. Sie stehen nah beieinander, aneinandergedrängt, ängstlich, eine von ihnen ist die, die alle angestarrt hatten. Die, an die sich die anderen beiden pressen. Die, die damals angestarrt wurde. Damals. Und nun stehe ich in der Tür und die anderen Zwei starren mich an. Erschrocken. Nicht ihren Augen glaubend. Die Dritte hat nur diesen Blick des Wissens. Ich gehe in die Stube und bleibe vor Tür 306 stehen.

"Das war das Zimmer ihres Onkels." Ehrfürchtig.

"Lass sie sein." Hält die Frau eine der anderen zurück.

"Sollen wir wirklich noch eine aufnehmen? Ihr ist doch nichts – wiederfahren!"

"Gott – sie wollte zum See, wurde gedemütigt, vergewaltigt, um dann in ihrer Verzweiflung zu ersticken. Ist das nicht Grund genug zu den Rastlosen zu kommen?"

6. Schmerz

In sich selber sehen. Tief in sich blicken und sich selbst fühlen. Und in sich selbst versinken. Tief tauchen. Und sich selbst verletzen. Sich kratzen und schneiden und brennen um zu empfinden. Irgendetwas. Und dein Körper ist so taub wie deine Gefühle. Und du fühlst keinen Schmerz. Nur im ersten Augenblick. Und dann verschwindet er. Und so gibt es viele erste Augenblicke. Ärgere erste Augenblicke. Und du bist taub. Nach diesem ersten Augenblick. Taub wie dein Herz. Und dir laufen die Tränen über dein Gesicht, denn du bist taub. Und stumm ist der Schrei deines Herzens, erstickt. Und blind ist die Suche nach ihm. Und du findest den Weg dort nicht hin. Denn es ist ein steiniger, verwachsener Weg. Ein vergessener Wald, verwildert. Den Weg ist niemand so lange geschritten, er ist kaum noch erkennbar. Ein Irrgarten. Ein Schritt in das Grüne. Das Ziel. Ob es gefunden wird? Wer weiß. Wird der Weg in die Mitte führen, nach draußen oder in ein ewiges, planloses Schreiten? Mit tauben Füßen, blinden Augen, stummem Mund. Und der Schrei reicht nicht aus. Und die Blicke reichen nicht aus. Und die Füße wollen nicht folgen. Und es ist alles Irrweg. Und das Ziel ist so nah, doch der Weg so lang. Und das Herz scheint so unerreichbar und fern, doch die Nähe, sie wäre ein Traum. Ein Gedanke. Ein Leben.

Und der Weg ist nicht endlos. Und die Möglichkeit besteht. Doch die Augen müssen geöffnet werden. Doch die Worte müssen geformt werden. Doch die Füße müssen geleitet werden. Und das Blinde, die Stille, das Taube müssen gebrochen werden. Um wieder zu fühlen. Schmerz. Schmerz am Körper. Schmerz bei den Gefühlen. Schmerz am tauben Körper. Nur im ersten Augenblick. Und so gibt es viele erste Augenblicke. Ärgere erste Augenblicke. Doch sie brechen die Taubheit nicht. Sie fügen keinen Schmerz zu. Denn der Schmerz ist schon in dir. Und du musst ihn nicht zufügen, nicht dem Körper geben, sondern ihn aus deinem Körper lassen. Aus deinem Herzen. Um ihn zu empfinden. Und jeder Schmerz, den du zufügst, dringt nicht in dich ein um den alten zu lösen, er prallt ab und im ersten Augenblick, da er in dich eindringt, flüchtet er schon wieder aus dir. Denn der Schmerz in dir ist größer, viel größer und er erschreckt, verscheucht den mickrigen deiner Hände. Die kraftlos sind, denn dein Herz ist taub. Und der Schmerz ist in ihm gefangen. Die Taubheit verschließt, versiegelt, lässt nichts durch. Lässt nicht rein, nicht raus und der Schmerz wird alt und hart, verkrustet. Tiefe Altersfurchen, festgefahren und eins mit dem tauben Herzen, das schwer ist und du merkst es nicht, denn du bist taub. Denn du bist taub. Und blind. Und schwach. Und du kannst nicht in dich blicken, denn

du bist blind. Und du kannst nicht zu dir sprechen,
denn du bist stumm. Und dein Schrei erstickt.

7. Hommage

Ist es nicht komisch? Manchmal geht man durchs Leben und alles erscheint irgendwie grau. Und wenn du weinst vermischen sich die reinen Tränen bei Aufprall auf den Boden mit den verschmutzten Pfützen. Und du blickst nieder – und siehst das Schlechte.

Und dann – dann kommt ein Sonnenstrahl – und er schmerzt. Er ist hell und warm – liebend, geliebt. Und du siehst den Dreck deines Lebens nur noch klarer. Und es ist fast unerträglich. Die Schönheit und der Glanz sind unendlich und du verspürst Neid. An dir etwas ändern – das kommt nicht in Frage . So bleibt nur noch eine Möglichkeit den Schmerz zu lindern. Indem du dem anderen Schmerz zufügst. Denn wenn der Sonnenstrahl von Wolken überdeckt wird – dann fühlst du Genugtuung – weil auch ihm es nicht mehr so gut geht . Weil er nicht mehr in voller Pracht strahlen kann – weil er leidet.

Und das Licht ist dumpfer und der Dreck deines Lebens verschwimmt. Du siehst ihn nicht mehr so wie zuvor – denn deine Schadenfreude lässt dich Abgrund tief lachen. Du blickst voll Verachtung und Genugtuung – und machst dich verhasst. Dein Leben ist nicht besser geworden – nein, sogar noch armseliger. Denn du versteckst dich vor dir selbst indem du andere verletzt. Du baust dich künstlich auf – doch es ist nur billiger Schein. Der einen hohen Preis trägt.

Die Wunden werden heilen – aber es bleibt eine Narbe zurück. Und die Blutschande wird sich in dich hineinbrennen und die Quelle deines Selbsthasses fördern.

Voller Verachtung und Ignoranz magst du zu ihr blicken – doch in Wahrheit ist es nur der Neid, die Verachtung und Ignoranz gegenüber dir selbst. Denn sie ist – was du gerne wärst.

Und deine unberechtigte Tat wird vergehen. Die Wolken werden vorbeiziehen – und die Sonne wird mächtiger denn je strahlen. Und sicherlich werden wieder Wolken aufziehen – doch die Sonne hat schon so oft schlechtes Wetter überdauert. Und sie wächst mit jeder Überdauerung. Sie bleibt bestehen – und liebt mehr denn je zuvor.

Du magst dich im Recht fühlen – aus so vielen Gründen – doch in Wirklichkeit möchtest du dir die Wahrheit nicht eingestehen.

Wenn sich dann ein Regenbogen in deiner armseligen Pfütze spiegelt – dann wirst du erkennen – und du wirst bedauern und es wird nicht mehr möglich sein es ungeschehen zu machen. Übrig bleibt – die Verachtung gegen dich selbst. Und die Sonne wird weiter strahlen. Und ihr Lächeln wir unendlich sein. Und ihre Liebe wird Schönheit zeugen. Und sie wird – strahlen.

8. Blinde Wut

Ich war gerast, hatte Verkehrsregeln verworfen, die Prinzipien außer Acht gelassen. Blinde Wut. Der Anruf hatte genug gesagt. Deine Stimme war mit Angst erfüllt gewesen. Du bist verletzt, ich weiß nicht wie schlimm, was er dir physisch, dir psychisch angetan hat. Er hat dich geschlagen. Hat dich gedemütigt. Hat alle Menschenwürde verachtet. Hat seine Geliebte wie Dreck behandelt. Ein Wort. Blinde Wut. Wir werden immer füreinander da sein. Was auch sein wird. Ein Wort und wir werden uns helfen. Nur ein Wort. Ein Wort ist gefallen. Unterdrücktes Schluchzen und ein Wort. Macy´s. Ich verstehe sofort. Der Klang deiner Stimme. Ein Griff. Der Schlüssel. Ein Drehen. Der Motor jault auf. Ein Tritt. Das Gaspedal will nicht weiter runter.

Blinde Wut. Auf dem Weg zu Macy´s. Rote Ampeln. Vorfahrtsregen.   Geschwindigkeitsbegrenzungen. Alles egal. Er hatte kein Recht. Du solltest das nicht erfahren. Nicht am eigenen Leib erfahren. Eine von uns beiden hätte genügt. Der Dreckskerl. Er soll sterben. Langsam und qualvoll sterben. Ein dreckiges Lächeln.

Gefesselt an den Boden. Alkohol in steten Tropfen. Am Anfang das Paradies für dich. Stunden der Wonne. Und es wird weiter tropfen. Dann merkst du du kommst mit dem Pissen nicht nach und verreckst langsam an dem elenden Zeug. Wohltuendes

Grinsen. Hast du verdient, Drecksschwein. Keine schlechte Idee. Wäre auch nett gewesen.

Bei meinem. Gefesselt an das Bett so vieler Vergewaltigungen. Gefesselt mit den Handschellen, die du an mein Handgelenk gelegt hattest und mich an die Heizung gekettet hattest damit ich nicht raus gehen konnte. War dein Männerabend und die Frau blieb da zu Hause.

Die Verabredung mit dir, auf keinen Fall.

Ein Napf Wasser hattest du mir hingestellt. Damit ich was zum schlabbern hatte. Hast dreckig darüber gelacht. Wie ich da saß. Kümmerlich zusammengerollt. Angsterfüllt. Dicke Lippe. Eine feine Spur von Blut am Mundwinkel. Das linke Auge schon tief rot, bald blau. Zerzaustes Haar. Noch vorhin in deinen Händen, die mich zu Heizung schliffen. Diamantene Tränen in den Augen.

Und was für eine Freude die Vase zu zerbrechen. Das jämmerliche Entschuldigung in Kristall. Eine Scherbe in der Hand. Siehst du das, Schatz? Ein Schnitt für jeden Schlag. Zähl laut mit, Schwächling. An der Brust, den Bauch entlang. Einer nach dem anderen. Immer näher an dein gesegnetes Teil. Ich blicke hoch in deine Augen. Rohe Angst in deinen Augen. Winseln. Zähl lauter. Einundneunzig. Zweiundneunzig. Kleiner Bettnässer. Schwächling.

Hab dich drei Tage in Ruhe liegen lassen. Dachtest schließlich ich lass dich in Ruhe. Hast du dich geirrt, nicht wahr? Bin ganz schuldbewusst zu dir gekommen und meinte, ich mache alles wieder gut. Hab sogar eine Kristallvase mitgebracht. Will alles heil machen und du hast gleich wieder diesen befriedigten Gesichtsausdruck. Endlich weiß sie wieder wer hier das Sagen hat. Kleine Irre. Hab sie aber doch im Griff, wäre doch gelacht. Die Kleine hat mir ´nen Schreck eingejagt, dachte schon die rastet total aus und macht einen auf Ernst. Wäre ja gelacht. Ein befriedigtes Lächeln auf den Lippen.

Frage dich ob dir das Spiel gefallen würde und fange an dich zu küssen. Den Hals, Nacken, hinter den Ohren. Das Schlüsselbein. Die Schulter. Die Brustwarzen, den Bauch. Den Nabel. Die Lenden. Besorge es dir dann bis du fast kommst und blicke dir in die Augen. Sie glänzen und sind ganz matt vor Begierde. Komm schon, stöhnst du und ich sage, wirst schon sehen was kommt und beiße so fest ich kann zu. Ein Schrei. Schwingungen echten Schmerzes. Schwingungen vollkommener Überraschung. Schwingungen wachsender Wut. Schwingungen heißer Tränen.

Fühlte sich so an als würde mein Trommelfell platzen. Es tat gut. Ich ging. Wirst nie mehr können. War auch keine schlechte Idee.

Blinde Wut. Ich werde dir helfen. Werde dir die Freundin sein, die du brauchst. Keine Angst, meine Kleine. Ich werde dir über dein schwarzes Haar streicheln und deine Wunden versorgen. Keine

43

Angst, meine Kleine. Ich kenne die beste Medizin. Wirkt Wunder.

Ein Wunder wie man so langsam fahren kann. Bin schon fast da. Kann schon das große Schild sehen. Die geschwungenen Buchstaben in blau. Bin schon fast da und du Dödel kennst nicht den Unterschied zwischen Bremse und Gas. Mach zu. Langgezogenes Hupen. Ich kann solche wie dich im Moment nicht gebrauchen. Also überhole ich. Auf der Gegenfahrbahn plötzlich ein Auto. Der Zusammenprall.

Sekunden in Zeitlupe. Ich werde nach vorne geworfen. Der Airbag fängt mich auf und ich sehe weiß. Sehe nach oben und spüre wie Blut meine Stirn entlang läuft. Spüre wie mir noch wenige Augenblicke bleiben. Wie das Leben aus mir flieht. Sehe nach oben in das andere Auto. Starre Augen. Sie flackern. Du sitzt da drinnen und bist tot. Tumult im Magen. Es kommt mir hoch und ich breche auf meinen Schoß. Wische mir über den Mund. Meine letzten Worte. Blinde ... und weiter komme ich nicht.

9. Ein Luftzug

Ich komme an einer alten traurigen Eiche vorbei. Der Herbst hat ihr das Laub geraubt.

Es kommt wieder Frühling und mit dem auch wieder neue, frische Blätter.

Schmerzerfülltes Lachen. Eine Träne läuft die raue Rinde entlang. Die Augen sind matt und wissend.

Ein Luftzug. Kannst du den Wind singen hören? Wie er die Blätter streichelt und säuseln lässt. Wie die Äste knarren und krächzen. Es ist das Leben. Es ist schneller und wenn es vorbeisaust, spürst du den Luftzug. Und dieser Luftzug ist in deiner Scheinwelt ein Orkan, der alles umbläst. Der Zerstörung, Verwüstung, Chaos hinterlässt. Und du stehst vor einem Schütterhaufen. Und du hast die Wahl dir eine neue Scheinwelt aufzubauen oder das richtige Leben zu leben. Aus dem der Luftzug kam, der so mächtig in deiner Welt war. Oft grausam und undurchsichtig ist die Wirklichkeit, aber auch viel beständiger. Die Gefühle in der Scheinwelt sind nicht wahr, und in der wahren Welt ist zwar echter Schmerz, aber auch grenzenloses Glück. So wunderschön.

Du fühlst dich schwach und hilflos. Du weißt nicht was du denken und fühlen sollst und doch weißt du es besser als irgend etwas anderes. Und du kannst es nicht ändern. Und dir stehen die Tränen in den Augen, denn du bist so hilflos. Wie schön ist doch die Hoffnung, wie schön ist doch die Scheinwelt der

Glücklichen, wie schön diese Naivität. Eine Scheinwelt, die auch nur etwas Glück empfinden lässt, ist schwer loszulassen. Doch du merkst, dass diese Scheinwelt dich zerstört, denn du weißt, dass es nur Schein ist. Und dieses Wissen ist so schmerzlich, ganz tief in deinem Inneren. Frisst sich in dein Unterbewusstsein ein. Macht alles noch schwieriger.

Alles ist Nebel. Dumpf und dicht ist es um dich herum. Und niemand sieht dich. Denn ein Schleier umhüllt dich. Das schlimmste Gefühl daran ist, dass, wenn du diese Scheinwelt loslassen würdest, dir bewusst werden würde wie leer dein Leben ist. Und Leere ist so ein grausames Gefühl. Du kannst es nicht erklären, du weißt nicht einmal was genau das ist und du kannst einfach nichts dagegen machen. Du würdest so unheimlich gerne dein Leben einfach akzeptieren und das Beste daraus machen. Doch die Scheinwelt ist einfach sicherer, sicherer für dich und deine Gefühle. Auch wenn manchmal alles plötzlich zusammenbricht. Du weißt nicht, was alle von dir wollen und wieso du so viel Angst hast. Angst vor denen, Angst vor dir selbst, Angst einfach vor allem.

Wenn du deinen Gefühlen freien Lauf lässt, sie auslebst, dann hast du zwar noch immer Angst, doch sie wird überschattet von der Leichtigkeit des Seins. Doch wie geht das? Du kannst nicht einfach dastehen und auf einmal Du sein, leben. Wenn du du selbst bist, dann akzeptierst du langsam deine

Fehler und Schwächen. Und dann erst kannst du deine guten Eigenschaften lieben lernen. Denn du empfindest so viel Wärme.

Denn auch neue Blätter können die verlorenen nicht ersetzen.

10. Die Puppe

Ich liege auf dem Boden in meinem alten Zimmer und lese ein Buch. Kurzgeschichten von Stephen King. Die Ballade der flexiblen Kugel. Ich blicke auf und sehe mich um. Da ist die Obstschale, in der die Puppe sitzt. Meine Mutter hatte sie gemacht und als sie starb wurde sie meine. Kopf, Hände und Füße sind aus Porzellan und vorsichtig bemalt, der Körper ist aus Stoff mit Linsen gefüllt. Sie ist eine der einzigen Gegenstände, die ich noch von ihr habe. Eine Geburtstagskarte, ein altes Buch, in den sie ihren Namen geschrieben hatte, ihren Mädchennamen. Die Puppe.

Sie dreht ihren Kopf in meine Richtung, hebt ihn etwas an. So langsame Bewegungen, dass es wohl nur Einbildung ist. Und doch . . . Sie muss sich bewegen, bewegt haben. Sie sieht mich nun genau an. Mit den schwarzen, aufgemalten Augen blickt sie in meine Augen. Scheinen zu glitzern wegen des Glanzes der Lasur. Aber natürlich ist es nur Einbildung. Sie blinzelt auch nicht. Sie hat ja keine Lieder. Meine Phantasie geht nur mit mir durch. Sie fängt nicht an zu lächeln, den zierlichen Mund zu verändern. Sie hebt nicht die Brauen an, die zwei roten Punkte auf den Bäckchen wachsen nicht, so als ob sie vor Aufregung erröten würde. Sie hockt sich nicht gerade hin und setzt an aufzustehen. Sie macht das alles nicht. Es ist nur Einbildung. Jetzt steht sie schon und krabbelt aus der Obstschale. Klettert das Regal hinab und geht mit langsamen Schritten auf mich zu. Ich werde verrückt, ja, das ist es. Ich möchte meinen Blick von ihr lösen, wie sie näher und näher zu mir kommt mit ihren winzigen, zeitlupenartigen Schritten. Kann es nicht, kann ihrem starren Blick nicht entfliehen. Schlage mir voller Verzweiflung selbst ins Gesicht und muss nicht mehr zu ihr hinsehen. Lasse meinen Kopf hängen, schließe meine Augen und sage zu mir selbst. "Das hast du nicht gesehen." Dreimal. Fühle den pochenden Schmerz nicht. Stehe neben mir. Und blicke wieder, kaum traue ich mich, dorthin wo die Puppe zuletzt stand. Sehe sie dort nicht und atme voller Erleichterung auf. Suche sie mit schweifendem Blick, ob sie vielleicht schneller geworden war. Fast panisch. Aber sie sitzt in der Obstschale. Mit hängendem Kopf. Der reglos ist. Er regt sich nicht. So langsam, dass es mir so vorkommt. Bis sie mich wieder mit den schwarzen, glitzernden Augen anstarrt und anfängt zu lächeln und wieder aus der Obstschale, das Regal hinunter langsam auf mich zu geht. Wieder kann ich meinen Blick nicht losreißen und wieder schlage ich mir ins Gesicht. Ich spüre Schmerz und Blut. Habe mir die Nase selbst gebrochen. Wische das rinnende Blut mit meinem Handrücken über die Seite. Meine Wange nun rot, indianische Kriegsbemalung. Wie von einem Magneten angezogen, ein reißender Sog, mein Blick fällt wieder auf die Obstschale, wo seelenruhig die geliebte Puppe meiner Mutter sitzt. Und wieder regt sie sich, ganz langsam. So langsam, dass man im ersten Augenblick glaubt es sei nur Einbildung. Bis sie vor dir steht und du sie in deine Hände nimmst und ausholst und sie zu Boden schmeißt. Und sich Linsen auf dem Boden verteilen und Splitter von Porzellan dazwischen liegen. Ich schlage mir noch einmal ins Gesicht und die Linsen liegen noch immer da. Verteilt auf dem Boden. Der Bann ist gebrochen. Und ich muss weinen und lachen zugleich. Mein wertvollster Besitz verstreut auf dem Boden neben mir, und ich fühle Erleichterung und große Trauer.

11. Die Dachkammer

Die Dachkammer. Sie war mir schon immer ein Rätsel gewesen. Wie mein Vater die lange Treppe bedächtig hoch schritt. Ein Knarren von jeder Stufe mit seinem Gewicht. Immer weiter in die Ferne, in die Dunkelheit bis er in ihr versank. Wie meine Mutter nie dort hoch ging. Wie sie, immer wenn sie an der Treppe vorbei ging, ängstlich zuckte und kurz hinauf schaute um dann hastig weiter zu gehen. Wie sie mich immer warnte niemals dort hoch zu gehen. Dort oben ist etwas Böses. So oft ihre Erklärung zu meinen Fragen. Wieso darf ich da nicht hoch? Wieso gehst du immer so schreckhaft daran vorbei? Was ist dort oben? Immer die gleiche Antwort. Und wieso geht Papa dann da hoch? Schweigen. Dann stand sie immer starr da und blickte in das Nichts um schließlich von etwas ganz anderem anzufangen.

Und mit jedem Tag, der verging, wuchs meine Neugierde, mit jedem Knarren der Treppe, mit jeder Warnung, jedem einzelnen Atemzug. Und dann stehe ich vor der Treppe in die Ungewissheit. Blicke in die Dunkelheit, die irgendwo die Türe zum Dachboden verbirgt. Ein Schritt. Auf die erste Stufe. Knarren. Gleich dem Schrei einer Katze. Hebe den anderen Fuß und setze den nächsten Schritt auf die zweite Stufe. Langsam steige ich weiter und weiter die Treppe empor. Dunkelheit umhüllt mich

51

zunehmend. Kaum wahrnehmbar anfangs, verschluckend schon inzwischen. Finsternis. Ich fühle die Türe, suche nach dem Türknauf. Drehe ihn. Sie ist abgesperrt. Ein Schlüssel in dem Schloss. Ich drehe ihn. Ein Klacken, beinahe bin ich da. Wiederum drehe ich den Knauf, wiederum geht die Türe in die Ungewissheit nicht auf. Ich drücke mit all meinem Gewicht gegen sie. Knarren, doch sie rührt sich nicht. Nehme meine ganze Kraft und stemme mich gegen sie. Perlender Schweiß. Ein Spalt. Mit der Anstrengung wächst er langsam. Plötzlich kein Widerstand mehr. Die Türe fliegt mit einem Schwung auf, ich lande auf dem Boden.

Hell. Dunkel. Hell. Dunkel. Ich blicke nach oben. Lila Lichter. Sie blinken. Staubflocken um sie. Ich stehe auf und sehe vor dem Fenster einen Schaukelstuhl stehen. Lasse mich in ihn fallen. Auf und ab. Hell und dunkel. Ich sehe an die Decke. Lila Lichter. Grauer Nebel umhüllt sie. Hell. Dunkel. Hell. Dunkel. Plötzlich ein Krachen. Der Stuhl gibt unter mir nach. Stille nach dem Knarren des Holzes auf Holz. Lila Lichter. Grauer Nebel. Er wird immer dumpfer und dichter. Breitet sich um mich herum aus, umhüllt mich, streicht mir mit seinen schlierernen Fingern über den Hals.

Immer dichter. Ich kann nicht mehr atmen. Ringe nach Luft. Keuche. Stehe auf. Stütze mich mit einer Hand gegen die Wand, lege meine andere um meine Kehle. Knarren. Reglos liegt das zersplitterte Holz auf dem Boden. Die Türe. Sie schließt sich langsam. Schließt immer weiter. Ist nur noch zur Hälfte offen, zum Drittel. Ich möchte zu ihr rennen. Möchte aus dem lila Licht flüchten, möchte den grauen Nebel hinter mir lassen. Versuche zur Tür zu stürmen. Kann es nicht. Kann meine Füße nicht vom Boden heben. Blicke zu Boden. Die Füße unbewegt. Blicke nach oben. Lila Lichter. Hell. Dunkel. Hell. Dunkel. Wie eine Pumpe. Mit jedem Schlag mehr grauer Nebel. Röcheln. Blicke wieder zu Boden. Die Füße mit dem Boden eins. Es gelingt mir nicht. Die Türe. Nur noch ein kleiner Spalt offen. Blicke zum Boden. Blicke nach oben. Lila Lichter. Schwaden von Grau, immer dumpfer und dichter.

Wie aus dem Nichts goldene Locken. Eine weiße Hand. Sie streicht mir sanft über die Wange. Gänsehaut über meinen Rücken. Sie nimmt meine Hand und wir schweben durch das Dachbodenfenster. Luft. Frische Luft. Husten. Ringen nach Luft. Stete Dunkelheit. Beruhigende frische Luft. Und meine Mutter umarmt mich. Es war alles nur Alptraum, mein Schatz, mein kleiner Liebling.

12. Acht Kelche

Acht Kelche. Sie stehen in der Luft. Schweben. Klares, reines Wasser fließt aus ihnen. Gold reflektiert den donnernden Blitz. Nasse Ströme aus weinenden Blüten. Unschuldige Rosen. Trinken Säure und bluten. Verlieren die Lebensröte so wie sie ihre Unschuld verloren haben. Ein Biss in den Apfel. Nun müssen sie bluten. Kristallenes Wasser färbt sich dunkel. Schwarzes Rot. Gewitter tobt. Blitz. Helle in der Dunkelheit. Eine Wiese. Zwei spielende Kinder. Angsthase. Traust dich nicht. Trau mich doch. Beweise. Das Messer in der Hand. Reflexion. Blendwerk für die Augen. Ein Stich. Zucken. Jaulen. Fliehendes Leben. Stille. Ein Schnitt. Warmes Rot. Warmes Braun. Gedärme, Blut. Noch nicht kalter Schokopudding. Kleine Kätzchen. Sie hat getragen. Hab ich doch gesagt. Hat mit meinem ollen Kater gefickt. Tränen. Meine Katze ist tot. Lachen. Was denn sonst. Schnibbelst sie auf und flennst dann wie ein Mädchen. Lachen. Weinen. Ein kleines Grab unter dem Baum. Es tut mir leid. Das Loch noch etwas tiefer. Etwas Hartes. Ein Kelch. Tränen tropfen in ihn. Blut färbt sie tief rot. Wow, woher hast du den? Vielleicht sind da ja noch mehr. Nein, es ist ein Grab. Stell dich nicht so an. Konntest sie ja auch abmurksen. Wut. Einstecken und Ausgeben. Gewühl von Beinen, Armen, Fäusten. Gras wird plattgedrückt, Erde aufgewühlt. Ein Schlag. Der saß gut. Kinderhände in der Erde. Gieriges Graben. Ein Zweiter. Ein Dritter. Es hat angefangen zu regnen. Der Achte. Klare Tropfen. Staunende Augen. Greifende Hände. Blut verschmiert das Gold. Färbt das reine Wasser tief rot.

13. Wut und Gleichgültigkeit

Wut und Gleichgültigkeit wechseln sich unberechenbar ab. Was verletzender ist, ich weiß es nicht. Die Wut lässt mich hassen, doch die Gleichgültigkeit verursacht in ebenso großem Maße Hass. Und ich frage mich entweder ob ich genug Kraft habe um die Wut zu unterdrücken, nicht an anderen auszulassen oder ob ich genug Kraft habe überhaupt weiter zu leben. Und ich weiß es kann nicht so weiter gehen. Doch ich kann den nächsten Schritt nicht setzen. Er ist zu groß. Auch wenn ich weiß er wäre notwendig. Ich kann einfach nicht, es wäre zu viel. Und ich sehne mich nach Stille, um in ihr zu versinken, umgeben zu lassen. Darin zu ertrinken. Welch Verlangen erfüllt mich bei dem Gedanken daran. Welche Erfüllung bei der Verstellung es wäre wahr. Und ich werde dort hin gelangen, ich werde mein Verlangen stillen. Doch wie? Ich muss gut bedenken, und doch ist es immer unvorhersehbar. Hass und Schmerz. Und ich weiß nicht.

Immer wieder diese Gedanken. Immer wieder. Und ich kann nicht.

Auf einmal solche Wut. Ich möchte schlagen, möchte schreien, möchte. Und ich muss meine Augen schließen und tief durchatmen, damit ich es nicht mache. Und ich stelle es mir vor und muss lächeln.

Und ich muss tief durchatmen, damit ich es nicht mache.

Und dann gehe ich und ich wünsche mir ich falle, falle und stürze und blute und sterbe. Damit ich nicht mehr denken muss. Denn ich habe immer diese Gedanken. Und ich kann einfach nicht. Dieses Lachen, ich hasse es. Alle lachen sie, alle sind sie so fröhlich. Und ich hasse sie. Hasse sie, weil sie lachen. Und ich hasse. Hasse alles. Hasse sie, hasse ihr Lachen, hasse ihr Leben, hasse die Welt, hasse mein Leben. Hasse mich. Mich. Und ich denke mir niemand kennt diesen Hass und den Schmerz, den er verursacht und das Gefühl, das er in einem auslöst, anderen Schmerz zufügen zu wollen. Und sie verstehen nicht was es bedeutet dieses Verlangen, dieses tiefe Verlangen in einem zu unterdrücken, sich zu beherrschen. Und ich hasse sie dafür, hasse sie, weil sie nicht verstehen, weil sie nicht verstehen können, weil sie nicht verstehen müssen, weil sie nicht gezwungen sind zu verstehen. Hasse sie weil ich wünschte ich könnte nicht verstehen. Hasse mich. Hasse ihre Art, hasse einfach alles. Hasse mich. Hasse. Hasse. Hasse. Hasse. Und kann nicht aufhören. Und es tut so weh. Tut so weh wie es niemand verstehen kann. Niemand, der es nicht selbst fühlt. Niemand, der lebt, lebt ohne es sich anders zu wünschen. Niemand. Und ich habe angst, dass ich es nicht schaffe. Dass ich versage. Denn ich habe immer versagt und ich schaffe es nicht. Egal was ich mache, es ist falsch. Und ich möchte nichts falsch machen, wo es doch schon so viel Falschheit auf dieser Welt gibt. Die Falschheit, die diese Welt so verlogen macht. Und ich denke mir ich gehöre nicht hierher. Ich gehöre nicht hierher. Nicht hierher. Ich gehöre weg. Einfach weg. Weg. Weg aus dieser Welt. Aus dieser falschen Welt. Aus dieser Welt. Einfach weg.

Auf einmal erscheint alles so fern und doch so nah. Ich frage mich woher all diese Gedanken kommen. Ich denke: Man sollte euch alle umbringen. Euch alle. Denn ihr seid es nicht wert zu leben. Denn ihr seid so naiv. Deshalb sollte man euch alle umbringen. Ihr seid so naiv. So naiv. So – beneidenswert. Und ich muss weinen. Und schlafe. Schlafe in einem traumlosen Schlaf, ohne zu denken. Ohne zu denken und um zu vergessen was ich dachte. Doch so einfach ist das nicht. Denn die Gedanken kommen immer wieder zurück. Und man kann sie nicht aufhalten. Und das schmerzt so unendlich.

14. Ein heller Fleck

Tom,

Ich hoffe du bist ein neugieriger Mensch, denn dann wirst du ohne Zweifel diese mail lesen. Du darfst mich hassen, und es ist bestimmt auch das Einfachste im Augenblick. Doch ich habe mich dazu entschlossen, dir doch noch einmal zu schreiben. Denn du weißt gar nicht wie gut du es geschafft hast, dass ich mich ziemlich schlecht und sehr schuldig gefühlt habe. Und jetzt denkst du dir bestimmt, das geschieht mir recht, denn ich bin es nicht wert. Nicht wert, denn ich bin so herzlos und gemein. Und in gewisser Hinsicht hast du da auch recht. Aber du machst es dir auch verdammt leicht. Habe ich dir eingeredet du wärst in mich verliebt, würdest mich lieben? Habe ich jemals gesagt ich würde dasselbe empfinden? Habe ich das getan? Nein, nicht dass ich wüsste, und wenn du das so interpretiert hast, dann, ganz ehrlich, kann ich dir da auch nicht helfen. Das mag hart klingen, aber das bist du ja jetzt wohl von mir gewohnt. Und vor allem kannst du mir nicht vorwerfen, dass ich dich nicht gewarnt hätte, denn DAS habe ich! Ich habe dir gesagt dass ich zwar manchmal offen sein kann, aber dann auch wieder abweisender und kühler als du es dir vorstellen könntest. Und glaub mir, der Brief ist noch keineswegs meine Höchstleistung gewesen. Wobei ich sagen muss, dass es viel bedarf, dass ich so weit gehe. Und dass ich das alles geschrieben habe, bereue ich nicht, auch wenn ich es kurz nach deiner "Antwort" so sah. Ich hatte dich gewarnt und du hast es auch herausgefordert, wenn ich es mal so ausdrücken darf. Eine Mauer einreißen! Was verlangst du von mir? Du schreibst du liebst mich, liebst mich nachdem wir uns nur so wenig kennen! Ich hoffe es kommt meine Verzweiflung hier raus! Du hast mich mit Gefühlen überhäuft und hättest du mich gekannt, hättest du gewusst dass das ohne Zweifel eine solche Reaktion bei mir hervorrufen würde. Siehst du, ich habe in meinem ganzen Leben noch nie von irgend jemandem gehört oder vermittelt bekommen, dass er mich liebt. Und dann kommst du an und, und sagst, sagst so viele Dinge, die ich nicht einordnen kann, nicht einordnen will, nicht schon jetzt, nicht so schnell! Ich will keineswegs das zurücknehmen, was ich dir geschrieben habe, aber du sollst verstehen. Ich habe dich gefragt ob du verstehst, in der mail so oft gefragt, doch die Antwort lautet Nein. Du hast nicht verstanden. Denn es ist so viel einfacher wegzurennen als sich mit etwas auseinander zu setzen. Und ganz genau das tust du.

Ob du es nun wahrhaben willst oder nicht, das tust du. Es ist leicht die ganze Schuld auf mich zu schieben, ist auch OK wenn du das so tun willst, aber es ist verdammt unfair. Und ich war niemals unfair.

Auch das kannst du mir nicht vorwerfen. Kannst du einfach nicht. Sieh die Fakten an und du musst es einsehen. Ich habe von Anfang an gesagt, dass ich (wörtlich) "nicht gewillt bin" eine Beziehung einzugehen im Moment. Und das bin ich im Moment einfach nicht. Und wer weiß, vielleicht wäre ja alles ganz anders verlaufen zu einer anderen Zeit oder mit einer anderen Vorgehensweise meinerseits und/oder deinerseits. Trotzdem bin ich noch immer der Meinung wir passen einfach nicht zusammen. Wir sind uns zu ähnlich. Siehst du, ich brauche jemanden, der stark ist, der geduldig ist und positiv durchs Leben geht. Und wenn du es genau betrachten würdest, wäre auch dir klar, dass, wenn etwas zustande kommen würde, wir uns nur gegenseitig runterziehen würden. Glaub mir, das weiß ich auch schon aus eigener Erfahrung und ich möchte das nicht noch einmal erleben, denn es ist sehr schmerzlich und noch jetzt schwer für mich. Aber ich habe mich darauf geeinigt mit dieser Person nur noch oberflächlich in Kontakt zu stehen. Ja, wir sind bestimmt noch füreinander da wenn es zu krass wird, aber im Normalfall ist es jetzt einfach nur noch Gerede zwischen uns und ich sehe, dass es uns beiden sehr gut tut. Aber ich hätte fast eine Person, die mir sehr am Herzen liegt, verloren und ich bin mir im Klaren darüber, dass wir uns auseinanderleben werden, es schon so sehr tun, aber wir sind uns nicht verhasst. Und im Moment sind du und ich uns noch nicht verhasst. Und wenn du dir jetzt denkst, das geht vielleicht dir so, aber keineswegs mir (Tom), dann darf ich dir eröffnen, dass du einen anderen Hass-Begriff hast als ich. Denn wenn du Hass empfindest, dann nur weil es dich vor der Erkenntnis beschützt, dass auch du vielleicht einige kleine winzige Fehler gemacht hast. Ich hatte dir gesagt, dass du mich vielleicht hassen lernen würdest, hatte dir gesagt, dass ich sehr verletzend sein kann, hatte dich vor mir gewarnt. Hatte dir geschrieben, noch bevor wir wirklich Kontakt hatten, ausgenommen dem chat, dass du mich entweder vergisst oder mich so akzeptierst mit all meinen Launen und Eigenschaften, die ich dir bis dahin geschrieben hatte. Und es tut mir ja schrecklich leid, wenn du sie nicht wahrhaben wolltest, nicht verstanden hast oder sonst was, aber dann kann ich dir auch nicht helfen. Weißt du noch, als ich im chat geschrieben habe, dass wenn ich erst einmal ehrlich bin, ich nicht mehr damit aufhören kann? Du wolltest Ehrlichkeit, und doch hast du nicht in Betracht gezogen, dass die Wahrheit nicht immer das ist, was du hören willst. Wenn du Ehrlichkeit erbittest, dann kannst du mir nicht die Schuld dafür geben, dass du sie nicht verkraftest!

Weißt du, du bist schon erstaunlich, ich kenne dich nur so kurze Zeit, und doch hast du es schon geschafft, mich ziemlich offen, der Verzweiflung nahe, in Rage, und jetzt ehrlich und wütend und offen und so vieles anderes zugleich zu erleben. Und ich weiß nicht, ob das jetzt ein Kompliment sein soll oder ob das besonders gut für dich ist. Ich bin ein sehr komplizierter Mensch, auch das hatte ich dir schon gesagt, und der Grund wieso ich es bis jetzt immer vermieden habe irgendwie, ich weiß nicht wie ich es sagen soll, dass du es nicht falsch interpretierst, eben so zu jemandem zu sein, ist, weil ich nicht verletzen wollte.

Und ich weiß ich habe dich verletzt, nenn mich eingebildet, dass ich behaupte dich verletzen zu können, aber wenn du nur einen Moment aus deinem Blickwinkel austrittst, ist es so klar. Und wenn du mir vorwerfen willst, ich hätte nur mit dir gespielt, das habe ich keinesfalls. Ich habe dir von Anfang an gesagt du sollst dir nicht zu viel erhoffen, denn du würdest sicherlich enttäuscht werden. Und würde ich mit dir spielen, ich versichere, ich könnte dich mit einem einzigen Brief "zurückgewinnen". Nenn mich nochmals eingebildet, aber es ist so. Ich kenne mich gut und dich besser als du wahrscheinlich denkst, und ich könnte beweisen, dass ich so gut mit dir spielen könnte, aber das würde ich niemals tun. Ich bin vieles, aber kein Mensch, der absichtlich und mit Vergnügen verletzt.

Weißt du noch wie du geschrieben hast du hoffst, dass du ein heller Fleck in meinem Leben bist? Ich versuche dir mal an Hand dieses Beispiels einen Fehler zu erklären: Stell dir vor du gehst durch die vollkommene Dunkelheit und auf einmal, mit einem Schlag ist da ein heller Fleck. Und deine Augen sind so an das Dunkle gewohnt, dass es so sehr blendet. Ganz logisch, du hältst deine Hand vor deine Augen, denn das Licht tut in deinen Augen weh. Und nichts anderes habe ich getan. Du redest von Mauer EINREISSEN, und sagt das nicht schon alles? Das Wort selbst sagt doch schon, dass es mit Gewalt geschieht, dass Zerstörung zurückbleibt! Und das was du von mir verlangt hast oder auch noch verlangst, das ist unmöglich denn ich würde einen Teil von mir dadurch zerstören! Und ich merke schon wieder, dass ich zu viel schreibe. Ich rufe dir nochmals etwas ins Gedächtnis-

Ich hatte dich vor mir gewarnt und wenn man ein Risiko eingeht, heißt das nicht immer, dass dadurch auch alles glatt laufen wird. Denn ein Risiko bedeutet, dass da immer die Möglichkeit besteht, dass das eintreffen wird, was man vermeiden will. Du kannst nicht mir die alleinige Schuld für alles geben, nicht ohne dich selbst anzulügen. Ich habe dir die Wahrheit gegeben, denn das ist was du wolltest. Dass du die Wahrheit nicht wirklich sehen wolltest, das konnte ich nicht ahnen. Julia

15. Mara-Collection

Ich drängte mich durch Menschenmassen hagerer und fetter Körper. Roch den Schweiß und die Parfüms so vieler Unbekannter. Die Gesichter, pickelig, mit Schminke überdeckt oder vom Stress faltig geworden. Augen, die suchend und hektisch wanderten, nichts richtig fixierten. Das Gedränge vor den verschiedenen Ständen, die wachenden Blicke der Besitzer vor allzu großzügigen Händen.

Auch ich blickte hier und da hin und entdeckte wundersame und faszinierende Dinge in dieser Ansammlung aller Kulturen. Ich lies mich treiben, kaum leitete ich selbst die Richtung meiner Schritte. Ein reißender Strom von Menschen. In Eile, mit dem Vorsatz das zu finden, was sie suchten ohne zu wissen was es war. Ich blickte um mich. Sah Menschen über Menschen, Stände, die sich alle auf keine Weise glichen, alle mit vielen Leuten und Verkaufsgegenständen vollgestopft. Und ich blieb stehen. Merkte wie sie alle an mir vorbeizogen. Wie sie mich zuerst verwundert, dann immer wütender anblickten. Wie sie fluchten. Sah den Schweiß auf ihrer Stirn perlen.

Sah eine Hütte. Einen Stand mit dunklen, warmen Decken umhüllt. Ich steuerte ihn an, schob mich durch den Strom, merkte den Sog, der mir half, ruderte mit aller Kraft und schaffte das Unmögliche mich den anderen zu entziehen. Lüftete einen Spalt und schlüpfte in eine dumpfe Helligkeit. Erfrischender Duft ätherischer Öle kam mir entgegen und Schwindel überkam mich bei dem abrupten Wechsel von der stickigen menschendurchdrängten Luft zu dieser. Ich blickte um mich. Das Zelt war menschenleer ausgenommen einer alten alten Frau. Ihre Falten waren so tief in ihre Haut gegraben, dass sie schon Hunderte von Jahren auf dieser Welt geweilt haben musste. Doch ihr Blick war klar und ihren Scharfsinn erkannte ich ohne sie zu kennen. Schien stärker zu sein als ich es je zuvor gesehen hatte. Sie verzog ihren Mund zu einem reinen Lächeln als sie mich erblickte. Krümmte ihren Finger und deutete mir an mich ihr zu nähern. Wie in Trance schritt ich zu ihr und kniete mich auf den Boden gegenüber von ihr. Ihr Haar war grau. Es glänzte und sah weich und voll aus. Sie trug keine Schminke, hatte eine faszinierende Ausstrahlung, die keine Unterstreichung bedurfte. Sagte mit der weichen Stimme einer jungen, verliebten Frau:

"Ich habe etwas für Sie." Und überreichte mir eine aus Holz geschnitzte Figur. Das Holz war von so tiefem braun, dass man es beinahe schwarz hätte nennen können. Sie hockte und trug einen Rock aus Stroh, der mich unwillkürlich an die tanzenden Hawaiianerinnen erinnerte. Den Kopf schmückte eine Haarpracht von Rastas, die so realistisch aussahen, dass es mir vorkam als wüchsen sie tatsächlich aus dem Holz. Die Augen waren rund und schienen sich aus den Augenhöhlen zu drücken, aus ihnen zu quellen und der Mund verzog sich zu einem kaum ersichtlichen, hinterlistigen Lächeln. Eine Spur von Ekel durchfuhr meinen Körper, wurde aber sogleich von Faszination und Neugierde abgelöst. Ich nahm sie in meine Hände und sie war so glatt und weich, hatte zwar Kanten von dem Schnitzeisen, doch auch sie ganz glatt. Ich führte sie an mein Gesicht und atmete den Duft von süßer Bosheit ein und schloss meine Augen um das kräftigende Gefühl meinen Körper durchströmen zu lassen. Ich bedankte mich bei der Frau und ging, aus der Hütte wieder in die Strömung von Menschen, doch sie schienen mich nicht zu berühren, sich vor mir zu teilen, mir einen Weg frei zu lassen. So dass ich, noch bevor ich es richtig merkte, den Markt verlassen hatte und noch immer ganz benommen nach Hause ging. Legte mich auf den Boden, nachdem ich die Figur und den zuvor gekauften Stoff auf meinem Schneidertisch abgestellt hatte und fiel in einen tiefen Schlaf. Als ich meine Augen wieder öffnete, strahlte mir die Morgensonne in mein Gesicht und ich fühlte mich kräftiger als je zuvor. Ich setzte mich auf und fragte mich wo ich war, wieso ich hier lag und sah auf zum Schneidertisch. Die hockende Figur. Es war kein Traum gewesen. Das vage Lächeln, die hervorgetretenen Augen, sie schienen zu sagen: "Wir gehören zusammen. Für immer."

Ich schüttelte geistesabwesend den Kopf und blickte auf. Stellte voller Entsetzen fest, dass es schon spät war und in nur wenigen Stunden eine Kundin auf ihr bestelltes Kleid wartete. Den Stoff dazu hatte ich auf dem Markt gekauft. Es war dunkelgrüner, weicher Samt. Ich hatte vorgehabt die Nacht durchzuarbeiten. Ein wichtiger Auftrag. Ich hatte versichert er würde bis heute fertig sein. Hektisch sprang ich auf, rannte orientierungslos in dem Zimmer hin und her. Nahm mich endlich zusammen, beruhigte mich und setzte mich auf den Stuhl. Ich blickte zur Figur und strich ihr zärtlich über die Wange. Es blendete mich plötzlich etwas und ich hielt mir schützend die Hand vor die Augen. Nahm meine Hand wieder weg und erkannte was es gewesen war. Eine Rasierklinge hing an einer Kette um den Hals der Figur. Die Sonne hatte auf die Klinge geschienen und die schmerzende Helligkeit verursacht. Ich nahm sie in meine Finger, legte sie auf meine Handfläche und sah Rot. Aus der Fingerspitze quellend. So schönes Prickeln.

Plötzlich wurde ich mir der Zeit wieder bewusst und schüttelte meinen Kopf um ihn zu klären. Blickte nochmals auf die Uhr und sah, drei Stunden waren seitdem vergangen. Nahm ein Taschentuch, wickelte es um das warme Rot. Apathisch blickte ich wieder zur Figur, entdeckte erst jetzt den Stoff der hinter ihr lag und nahm ihn in meine Hände. Bewegte meinen Kopf abrupt nach hinten und riss meine

Augen aus Verwunderung auf. Das fertige Kleid lag in meinen Händen. Ich stand auf, schloss meine Augen so fest, doch als ich sie wieder öffnete war alles unverändert. Untersuchte es, fand keine Fehler. Lies es nochmals durch meine Finger gleiten mit einem kritischen Blick. Alles war perfekt. Nahm das Maßband zur Hand. Konnte auch hier nur das wunderbarste feststellen und es breitete sich langsam ein Lächeln auf meinem Gesicht aus. Lachte dann freier als ich mich erinnern konnte es jemals getan zu haben. Hing es auf einen Bügel und verstaute es in einem Kleidersack. Legte ihn über meinen linken Arm und machte mich auf zu meinem Laden. Hüpfte wie ein junges Mädchen durch die Straßen. Ich WUSSTE es war perfekt.

Die Kundin war begeistert und es passte ihr wie angegossen, versteckte ungewollte Fettpölsterchen, hob die Vorzüge hervor. Sie verliebte sich sogleich in das Kleid und auch ich konnte nicht anders. Es war das phantastischste Kleid, das je aus diesem Laden gewandert war. Als die Kundin ihren Körper wieder davon getrennt hatte, so schwer es ihr auch gefallen war, faltete ich es und packte es in weiches Seidenpapier ein. Kurz bevor ich es zudeckte, sah ich da Label. MARA gestickt mit goldenem Faden auf schwarzem Stoff. Verwirrt zog ich die Augenbrauen hoch und verpackte weiter das Kunstwerk aus Stoff. Übergab es der Kundin und blickte ihr hinterher wie sie mit strahlendem Lächeln meinen Laden verließ.

Fühlte Erleichterung und neue Kraft wie sie aus meinem Blickwinkel verschwand. Ein Tag wie jeder andere. Leute kamen um Änderungen vornehmen zu lassen, Maß nehmen zu lassen, Aufträge zu geben sich einen Anzug, ein Kostüm, ein Kleid anfertigen zu lassen. Mit geschickten Händen arbeitete ich in den ruhigen Minuten und vergaß beinahe das wundersame Auftauchen des Kleides. Beinahe. Eine Woche später kaufte ich mir, ganz unüblich meiner Gewohnheit, eine Zeitung und blätterte sie durch. Hastig. Suchte nach etwas bestimmten, wovon ich nicht wusste was es sein sollte. Blätterte und sah eine Schlagzeile "Unerklärbarer Tod in edler Robe".

Schaute starr auf die Buchstaben, minutenlang, bis ich schließlich den Artikel las. Viel Gerede und nur wenige Fakten. Meine besagte Kundin war auf einem wichtigen Empfang gewesen, der Grund für ihre Hast das Kleid zu bekommen, und war um Punkt Mitternacht – Ob das nur geschrieben wurde um das ganze dramatischer zu gestalten? – tot umgefallen. Keine medizinische Erklärung konnte bis jetzt festgestellt werden und es war keine äußerliche Gewaltanwendung ersichtlich. Ich verdrängte die neue Information und ging weiter zum Laden, machte mich gleich an die Arbeit. Wieder verging eine Woche in Ruhe und das Bild, das in mir aufgeblitzt war als ich die Schlagzeile gesehen hatte, war beinahe vergessen. Die Figur hatte angefangen zu grinsen. Böse und hinterlistig und sehr sehr zufrieden. An diesem Tag stürmte eine Frau in meinen Laden und meinte sie brauche unbedingt bis morgen eine neues Kleid. Ein wichtiges Fest, ihre Schneiderei wegen eines Todesfalles in Betriebsferien, die Aufträge verschoben. Sie lies mir künstlerische Freiheit. So bezeichnete sie es, wollte nur etwas das ihr passte, sie gut aussehen lies und um Gottes Willen morgen fertig wäre. So willigte ich ganz verstört ein und wurde mir erst im Nachhinein bewusst was ich versprochen hatte. Ging abends nach Hause mit der besten cremefarbenen Seide und legte sie auf meinen Schneidertisch. Fühlte mich plötzlich ganz müde und legte mich auf den Boden und fiel in einen tiefen Schlaf.

Als ich meine Augen wieder öffnete, strahlte mir die Morgensonne in mein Gesicht und ich fühlte mich sehr kräftig. Ich setzte mich auf und die Augen der Figur starrten mich an. Der Mund schien etwas breiter, etwas hinterlistiger, etwas böser zu lächeln. Mein Blick wanderte zu der Rasierklinge und ich fragte mich wie sie da hin gekommen war. Sah hinter ihr die wertvolle Seide liegen und griff nach ihr. Stellte ohne wahre Verwunderung und viel Erleichterung fest, dass auch dieses Mal ein fertig geschneidertes Kleid in meinen Händen lag. Ich brauchte nicht zu kontrollieren, um festzustellen, dass es den Maßen entsprach und einfach perfekt war. Spürte diese starke Gewissheit der Perfektion. Machte es trotzdem. Ich ging in die Arbeit und die

Frau holte freudig das Kleid ab, das nur ihre besten Seiten betonte und nicht besser hätte passen können. Wieder packte ich das Kunstwerk vorsichtig in Seidenpapier ein, wieder fiel mir das Label auf. MARA. Wieder verließ einen zufriedene Frau den Laden mit einem strahlenden Lächeln. Erleichterung und neue Kraft. Wieder verlief der Tag ohne weitere Besonderheiten.

Und wieder fand ich einen Zeitungsartikel über den seltsamen Tod einer in feinstem Stoff gekleideten Frau. Wieder blitzte das Bild der faszinierenden Figur vor meinem geistigen Auge auf. Und wieder vergaß ich beinahe den Vorfall. Beinahe. Als einige Zeit später wiederum eine Frau ein Kleid bestellte, das in kürzester Zeit fertiggestellt werden musste und ich wiederum den Auftrag annahm, fiel es mir ein. Und ich kaufte einen glitzernden burgunderroten Stoff und legte ihn wieder auf den Schneidertisch. Wieder überkam mich eine plötzliche Müdigkeit. Wieder erwachte ich im Sonnenschein. Wieder fühlte ich mich so kräftig, wieder sah ich die Figur. Bildete mir ein, sie würde noch etwas breiter grinsen, noch etwas böser und hinterlistiger. Wieder saß das Kleid perfekt und wieder starb die Frau an dem Abend, da sie es trug. Wieder ein Kleid mit dem sonderbaren Label. Goldene Buchstaben auf Schwarz. MARA. Als ich auch dieses mal das Schicksal der Frau, auch ihr Tod ein Rätsel für Mediziner und Angehörige, in der Zeitung las, war das Bild der Figur deutlicher und realistischer als je zuvor. Plötzliche Angst, eine Ahnung. Ein Entschluss. Nie wieder Stoff mit nach Hause nehmen. Ich arbeitete bis spät nachts in meinem kleinen Laden. Auch kamen keine Aufträge mehr, die in kürzester Zeit hätten erledigt werden müssen. Auch vergaß ich beinahe die Vorfälle. Beinahe. An einem Tag, so viel Zeit schien vergangen zu sein, kam eine Frau, die ein Kleid wollte. Sie lies mir die Freiheit zu machen was ich wollte. Und das Bild der Figur blitzte vor meinen Augen auf. Sie gab mir zwei Wochen für die Fertigstellung. Allein die Tatsache, dass mir so viel Zeit gegeben wurde, lies mich den Auftrag annehmen. Das und das hohe Honorar. Leben ist teuer. Zwar war das gleiche Gefühl da, doch ich redete mir ein, es war nur Einbildung gewesen. Und ich vergaß die kurze Unsicherheit beinahe. Beinahe. Die nächsten dreizehn Tage verliefen ohne Besonderheiten. Ich war froh, erleichtert, der Spuk schien vorbei und ich war mir nicht einmal sicher, ob nicht das alles nur Einbildung gewesen war. Dass ich nur aus Erschöpfung gedacht hatte die Kleider nicht selbst gemacht zu haben, denn nach der durchgearbeiteten Nacht hätte ich nur noch einige Minuten Schlaf bekommen. Der Tod der Frauen ein verrückter Zufall. Beinahe glaube ich es. Beinahe.

Bis ich am Morgen des vierzehnten Tages erwachte und mich so kräftig fühlte und in mein Arbeitszimmer ging und die Figur ansah und etwas hinter ihr liegen entdeckte. Ein Kleid aus hellbraunem Leder. In den richtigen Maßen und wunderbar sonderbarem Schnitt. Es war weich und dünn – und so unbekannt in seiner Beschaffenheit. Ich nahm das Kleid mit, ich weiß nicht wieso und machte mich auf den Weg zu meinem Laden. Griff in einen Mülleimer, in dem eine alte Zeitung lag. Sah auf der Titelseite eine Schlagzeile, die mich stocken lies: "Leiche gehäutet gefunden". Meine Augen schwirrten planlos in dem Raum herum und ich blickte auf das Datum. Vor zehn Tagen. Schaute auf den Kleidersack, der über meinen linken Arm lag und rannte den restlichen Weg in den Laden. Rannte als ginge es um mein Leben. Um Leben und Tod. Nahm eine Schere und setzte an zu schneiden, da stürzte die Frau in den Laden. Ihr Kleid, sie brauche es sofort, sie müsse einen Flieger früher nehmen. Sah das Kleid in meinen Händen, riss es aus ihnen. Bewunderte es, probierte es an, hörte nicht auf mein Stammeln, mein Versuch zu sagen ihr Kleid liege noch hinten. Dieses sei nicht ihres. Es passte wie angegossen und sie liebte es und bestand darauf es sei ihres. Sagte sie verstünde ja, dass ich solch ein Kunstwerk, so nannte sie es tatsächlich, für mich behalten wolle, doch es würde eine große Prämie für mich drinnen sein wegen der so gelungenen Arbeit und sie würde kein anderes Kleid wollen. So packte ich hilflos das lederne Kleid in Seidenpapier ein und erspähte das Label. Ich wusste es schon, bevor ich es sah. In goldenen Buchstaben auf Schwarz. MARA. Und ich schloss den Laden und rannte in das erste Geschäft für Heimwerker, das ich fand, kaufte eine Axt und hastete nach Hause, schlug die Figur in Splitter und Splitter. Brach zusammen und weinte schluchzend. Hörte Knarren und Knistern, blickte nach oben und sah, ich konnte es nicht glauben, wie sich die Splitter wieder zu der Figur sammelten. Die eine Kette mit dem Anhänger einer Rasierklinge hatte. Eine Rasierklinge, die von getrocknetem dunkeln Rot an dem Rand umgeben war. Schlug wieder auf sie ein und sah wieder wie sie sich sammelte, sah wie sie grinste, so hinterlistig und böse und schlug wieder auf sie ein. Wieder und wieder. Bis ich schließlich voller Erschöpfung zusammenbrach. Meinen Kopf in meine Hände fallen lies, mich auf die Knie fallen lies und mich wiegte. Meinen Rücken hin und her wiegte. Apathisch hin und her wiegte. Hin und her. Und immer wieder Mara flüsterte. Mara. Immer wieder. Mara. Mara. Mara. Mara.

16. Meine Liebste

Meine Liebste,
Ich weiß, dass du zu Briefen eine andere Einstellung hast als ich. Aber das, was ich dir schreiben werde, kann ich nicht sagen wenn ich dir in die Augen schaue. Du hattest Schluss gemacht.
Ich war froh ... empfand Erleichterung. Ich war mir nicht im Klaren darüber wieso. Aber ich habe viel nachgedacht, mich gefragt wie ich zu dir stehe. Ich hatte angst vor meinen Gefühlen, deinem Einfluss auf mein Leben, aber vor allem davor von dir abhängig zu sein. Angst, dass ich mir ein Leben ohne dich nicht mehr vorstellen könnte. Ich habe mein ganzes Leben lang meine Probleme selbst gelöst oder zumindest versucht sie zu lösen. Es war nie wirklich jemand da, von dem ich mir helfen lassen konnte oder auch wollte.
Wenn man an niemanden angewiesen ist, kann man immer sich selbst die Schuld geben und weiß, dass man niemanden anders braucht, dass man mit seinem Leben allein zurecht kommt. Es ist oft schwieriger und sehr einsam, aber wenn man das von Anfang an nie anders kannte, sieht man es als unabänderlich. Man fühlt Sehnsucht nach Hilfe, doch man lässt sich nicht helfen. Als du auf einmal da warst, da hatte ich angst meine "Unabhängigkeit" zu verlieren, hatte angst, dass du zu viel Macht über

mich gewinnen würdest, mich verletzen würdest mit dieser Macht.

Ich habe früher immer das Gute in den Menschen gesucht, wurde ausgenutzt, enttäuscht, verletzt. Jetzt bin ich skeptisch, neige dazu das Gute zu übersehen, jede Handlung mit Misstrauen beobachtet. Ich habe gesagt, Ehrlichkeit sei das Wichtigste, aber ich selbst war nicht immer ehrlich. Nicht dir gegenüber, aber auch nicht mir gegenüber. Ich glaube Vertrauen ist mindestens genauso wichtig, doch ich konnte dir nie mein volles Vertrauen schenken. Die Angst vor meinen Gefühlen war auch die Angst davor, verletzt zu werden. Du bist eine Stütze für mich, doch ich weiß nicht ob ich sie annehmen kann. Ich habe so viel angst, so viel Neues, das ich nicht definieren kann, hast du mir gezeigt. Das Gefühl von Geborgenheit, von Wärme, von Verständnis, von Liebe, das habe ich niemals richtig kennen gelernt, habe gelernt ohne diese Dinge zu leben. Trotzdem hatte ich immer Sehnsucht nach all dem. Bruchteile von diesen Dingen lernte ich kennen, doch je mehr ich davon sah, desto mehr entfernte ich mich in der Angst ohne diese Sachen später nicht mehr leben zu können. Du hast mir eine neue Welt gezeigt und sie löste solches Glück in mir aus und es war wunderschön. Doch die Gewissheit, dass du irgendwann nicht mehr da sein würdest, brachte mich dazu meine Gefühle, meine Reaktion zu dir zu unterdrücken, es zumindest zu versuchen.

Du hast mir angeboten mir zu helfen, wenn ich ein Problem habe, aber wie sollst du das können, wenn mein Inneres es zwar so sehr ersehnt, es aber nicht in Kauf nehmen kann? Ich weiß, dass dadurch dass ich immer versuche mit meinen Problemen allein fertig zu werden, ich mich selbst kaputt mache. Und du weißt nicht was für in Gefühl das ist, wenn du weißt du zerstörst dich selbst ohne etwas dagegen tun zu können.

Ich fühlte Erleichterung und Freiheit als es aus war. Doch diese Erleichterung und Freiheit waren nicht, weil ich nichts für dich empfand, die Beziehung als Last sah, sondern weil ich mir immer dachte, dass ich dich nicht verdient habe und auch weil ich nicht wollte, dass ich dich belaste, indem ich dir von meinen Problemen erzähle, deine Hilfe annehme, dir mein Inneres zeige.

Ich bin so anders als ich mich oft gebe. Ich war oft nicht ehrlich mit dir, nicht weil ich dich anlog, sondern weil ich nicht meine Gedanken aussprach. Du sagtest ich solle etwas erzählen, doch wie kann man über etwas reden, wenn man an etwas anderes denkt. Und dieses andere, das einen so beschäftigt, kann man nicht sagen, denn es tut so weh und man will nicht den anderen damit belasten, will nicht, dass der andere dieses Leid kennen lernt. Will, dass der andere glücklich ist, will, dass sein Leben mit nur den schönsten Gefühlen und Situationen erfüllt ist, will jedes Leid, das man selbst für den anderen verhindern kann, von dem anderen fernhalten. Wirklich ehrlich war ich nur als wir miteinander schliefen. Ich ließ mich gehen, gab meinen Gefühlen keine Begrenzung, ohne Rückhalt. Ich gab mich dir hin, sozusagen.

Ich weiß nicht genau, wieso ich dir diesen Brief schreibe. Ich denke ich möchte dir danken. Danken für diese neue Erfahrung. Danken, dass ich durch dich so vieles Neues kennen gelernt habe. Danken, dass ich durch dich mich selbst besser kennen gelernt habe. Ich habe mich selbst besser kennen gelernt. Doch diese neuen Erkenntnisse sind schmerzlich. Denn ich habe so viel erfahren, das mir gezeigt hat, dass ich mich selbst mit meiner Lebensweise kaputt mache, und ich kann nichts daran ändern. Das heißt, ich werde versuchen etwas daran zu ändern. Aber erst jetzt merke ich wie schwierig das ist, wie viel Kraft es kostet und wie viel Schmerz es bedeutet. Doch ich werde es schaffen. Ich danke dir, dass ich durch dich, dadurch dass ich wegen dir darüber nachgedacht habe, das alles erkannt habe. Ich weiß es wird nicht einfach, aber ich werde es versuchen. Vor allem aber möchte ich dir danken für eine zweite Chance. Ich weiß es ist oft nicht einfach mit mir, aber ich bemühe mich sehr.

In diesem Brief bin ich ehrlich, so selten war ich ehrlich in meinem ganzen Leben. Es ist ein Anfang, meinst du nicht?

Es gibt Momente, in denen du mir näher bist als ich dachte, dass es möglich ist. Du hast Hoffnungen in mir geweckt, die ich tot geglaubt hatte. Wieso ich dir diesen Brief schreibe? Um dir das zu sagen, was ich schon so lange empfinde, was schon so lange unausgesprochen blieb. Ich liebe dich, Julia.

17. Erinnerung

Ich stehe am Bahnhof, warte auf die S-Bahn. Zwei Mädchen gehen die Treppe runter zum Bahnsteig. Die eine hat irgend etwas an der Lippe, ich glaube sie blutet. Ich starre das Mädchen an. Realisiere es, kann nichts daran ändern. Auf die dicke Röte. Die beiden Mädchen gehen den Bahnsteig entlang. Die mit der verletzten Lippe hat eine Tendenz zu den Gleisen hin. Die andere meint sie soll stehen bleiben. Die S-Bahn fährt ein. Weiter ein starrer Blick auf sie. Sie setzt schon einen Fuß neben den Bahnsteig, fällt fast, wenige Meter vor der einfahrenden S-Bahn. Die andere hält sie am Pullover fest, zieht sie an sich ran und beide fallen auf den Bahnsteigboden. Den harten Zement. Die S-Bahn fährt weiter, langsamer, bremst, kommt zum Halten. Ich steige ein und setze mich. Atme tief durch. Das Mädchen wäre einfach so auf die Gleise gefallen. Schien als hätte sie ihre eigenen Beine nicht mehr wahrgenommen, nicht mehr kontrollieren können. Es wäre von der S-Bahn überrollt worden. Ich wäre dagestanden ohne irgend etwas zu machen, hätte weiter hingestarrt. Nicht mehr bangend, nur schockiert.

Ich starre aus dem Fenster. Sehe grüne Bäume in sich zerfließen. Höre das Rattern der Räder gegen die Gleise. Höre den Luftdruck an den Türen, das hohe Surren des vorbeifahrenden Zuges. Starre auf die vorbeifahrenden Waggons. Der Zug ist vorbei. Ich blicke ihm nach. Verschwindet als kleiner Punkt in der Ferne. Sehe wieder nach vorne. Aus dem Fenster. Da steht eine Frau. Jung, fast noch Mädchen. Sie winkt und lächelt. Julia. Eine Halluzination. Ein hohes Pfeifen. Meine Hand an der Notbremse. Die Türen aufgerissen. Der Sprung auf die Gleise.

Über die Wiese. In den Wald. Merke kaum das Stecken in meiner Seite. Merke kaum die Kälte in meinen Lungen. Das Keuchen meiner Atemwege. Stürme dir einfach nach. Äste schlagen mir ins Gesicht. Schneiden meine Ärmel auf. Meine Haut. Verheddern sich in meinen Beinen. Lassen mich stürzen. Ihr fliegendes goldenes Haar. Richte mich wieder auf. Stürme weiter. Merke du bist schneller. Stürme schneller und schneller. Plötzlich Freiheit. Eine Schnellstraße. Sie ist weg. Ich blicke nach links. Nach rechts. Ein Auto. Rasende Geschwindigkeit. Ohrenbetäubendes Hupen. Zerreißendes Quietschen. Eine Bremsspur. Déjà-vu.

Wir hatten ein Picknick gemacht. Auf der Wiese. Du hattest eine Kette aus Gänseblümchen gemacht und sie mir geschenkt. Ich setzte sie auf dein Haar und sie stand dir viel besser. Da hast du dein unbeschwertes, freies Lachen gelacht. Und ich musste dich einfach küssen. Und wir rannten und ich versuchte dich zu fangen. Dich in meine Arme zu schließen. Du lachtest und ranntest und die Sonne schien. Du ranntest. In den Wald. Durch den Wald. Als ich dich beinahe eingeholt hatte, stolperte ich, stürzte, lachte. Wischte mir die Erde aus dem Gesicht. Rannte dir weiter nach. Dein hallendes Lachen.

Das andauernde Geräusch der Hupe. Das Auto steht. Wenige Zentimeter vor mir. Ich lasse mich auf die Knie fallen. Vergrabe mein Gesicht in meinen Händen. Fange meine Tränen mit ihnen auf. Der Fahrer steigt aus. Sieht mich besorgt an.

"Was ist los?" fragt er und ich meine "Wieso hat er damals nicht schnell genug gehalten?"

18. Dedicated to The Death

Der Tod ist ein ewiger Schatten. Und er fiel auf mich herab. In der prallen Mittagssonne ahnte ich noch nichts – doch er war schon unter mir. Und langsam, lautlos, kroch er zwischen Menschenstimmen, Motorengeräuschen und den fernen Klängen der Natur hervor. Und breitete sich aus auf meinem Weg. Doch glaube mir – er war immer da. Mein ganzes Leben lang. Vom ersten Atemzug an, als Zeuge meines ersten Schreies, meines ersten Wortes und meiner ersten Sprachlosigkeit. Ein zuverlässiger Begleiter. Mit ihm kann ich nicht einsam werden – wenngleich er oft Grund für meine Einsamkeit war. Denn er nahm mir Menschen, die mir nahe standen. Deren Lachen und Weinen ich gerne öfter gehört hätte. Zu denen ich gerne noch sprechen können wollte.

Als er so vor mir stand – da nahm ich seine Hand. Er führte mich zu einer Brücke, an der sich ein Kreis von Schaulustigen gebildet hatte. Aufgeregte Schreie, dumpfes Gemurmel, das Rauschen der Wellen und das Brummen der vorbeifahrenden Autos. Alles schien in mich einzubrechen wie der reißende Strom.

Dann sah ich die Leiche. Und ich stand außerhalb von mir – war nur noch ein Schatten meiner selbst. Doch du standest noch viel weiter außerhalb von dir.

Und dein lebloser Körper verzog sich zu einem blauen Lächeln.

Der Tod war da für mich. Und ich umarmte ihn. Stille umgab mich. Kein Laut erreichte mein Ohr. Versunken in sie löste ich mich endlich von seiner Nähe und nahm seine Hand. Und wir schritten durch die frühe Nachmittagssonne.

Langsam – ganz langsam schien ich zu realisieren – doch die Realität blieb fern. Nie wieder würde ich in seine Augen blicken können. Das Glitzern seiner Iris – mein Spiegelbild in ihnen sehen können. Was waren schon die matten Augen, die kein Gefühl verrieten, die von einer warmen Hand geschlossen werden würden, die kalte Haut über den leeren Ausdruck schoben. Nie wieder würde ich seine Stimme hören. Die Bewegung seiner zarten Lippen, die so oft die meinen gewärmt hatten. Den Hauch von Zuneigung und den Sturm von Wut – ich würde ihn nicht wieder miterleben. Nie wieder würde ich seine Hand nehmen können und meinen Kopf in sie legen. Seine Wärme in mich aufnehmen, seine Stärke spüren. Nun waren sie kalt und schwach und hart. Nie wieder würde ich seine Fingerspitzen auf meinen Wangen spüren. Nie wieder wie sie meinen Körper entlang wandern. Nie wieder würde ich meine Fingerspitzen über ihn wandern lassen könne – ohne die eisige Kälte zu spüren. Nie wieder in seiner Umarmung versinken, nie wieder Trost in ihr finden, nie wieder ihm Trost mit ihr spenden. Nie wieder würde ich ihn erleben können.

Nie wieder, denn er hat mich verlassen. Hat mich im Stich gelassen. Hat den leichteren und ungerechteren Weg genommen einfach zu gehen. Alles hinter sich zu lassen. Ohne an die anderen zu denken. Ohne an mich zu denken. Er hat mich verlassen. Freiwillig verlassen ohne etwas zu sagen.

Ohne ein Wort war er gegangen. Stille hatte geherrscht – wie wir sie so oft kannten – doch sie war niemals unangenehm gewesen. Und dein ferner Blick – er hatte mich nicht beunruhigt – ich hatte ihn kennen und lieben gelernt. Er war du gewesen und jetzt, da du mir so viel von dir gezeigt hattest, hast du es mir wieder gewaltsam entrissen. Es aus meine offenen Händen gewaltsam entrissen, geraubt, mich verletzt, in deiner Hast noch mehr mitgenommen. Und das Entrissene weggeschmissen. Das, was für mich so viel bedeutet hat, hast du in die Fluten gestürzt. Und es verteilte sich in dem reißenden Strom und vermischte sich mit dem Dreck und Wertlosen. Du hast es mir genommen, nachdem du es mir geschenkt hattest. Du hast nur an dich gedacht. Du hast keine Gedanken den anderen gewidmet. Du – hast mich verletzt.

Und ich frage mich. War es so schrecklich mit mir? Habe ich dich so ungerecht behandelt? War es so unerträglich mit mir? Habe ich dir nicht das Leben lebenswert gemacht? Wieso hast du das gemacht?

Verdammt, ich liebe dich! Habe dich geliebt. Und ich habe versagt. Denn wäre ich anders gewesen, vielleicht hättest du nicht diese Tat begangen. Hättest nicht Mord begangen. An dir und an meinem Herzen. Was habe ich falsch gemacht? Was hätte ich anders machen sollen? Was hätte etwas geändert? Was hätte das verhindert? War ich nicht liebevoll genug? Nicht verständnisvoll genug? Zu blind um dich zu sehen? Hätte ich – was hätte ich tun sollen? Was hätte ich nicht tun sollen? Bin ich deine Mörderin? Weil ich dich mit meinen Problemen konfrontierte. Weil wir Probleme miteinander hatten. Weil ich nicht immer Zeit für deine Probleme hatte. Weil ich nicht immer alles erahnen konnte. Weil – meine Liebe nicht genug war. Weil auch meine Liebe deine Entscheidung nicht änderte. Und das verdammt mich.

Ich blieb stehen – nachdem ich mit dem Tod an meiner Seite durch die Stille gewandert war. Die Sonne verschwand schon fast am Horizont und mein Schatten war lang. Und ich war nur ein Schatten meiner selbst. Verzerrt und konturenlos stand ich da und löste meine Hand von der des Todes und vergrub mein Gesicht in meinen Handflächen. Und riss mir an den Haaren. Kratze mir über das Gesicht. Ließ das Blut von meiner Lippe meinen Hals entlang laufen. Schrie. Und hörte nicht. Wusste, es verließen meinen Mund, doch erreichte meine Ohren nicht.

Und die Straßenlaternen warfen schmutzige Helligkeit auf den Asphalt. Und mein Schatten war selbst nur noch Schatten – zerfloss in dem dumpfen gelben Licht. Bis er in der Dunkelheit verschwand. Sich mit ihr vereinte. Sich nicht von der Finsternis absetzte. Und mein matter Blick verschwamm mit Tränen, die ich nicht weinte. Und es tauchten wieder Lichtkegel auf. Unbewusst schritt ich durch die von Nacht befallene Stadt. Und hörte – nichts. Der ferne Klang der Natur – es gab ihn nicht. Das Brummen der Motoren – die Autos wollten ihn nicht hergeben. Warfen mit Licht um sich – verwehrten mir das Ohr. Das Gemurmel von Stimmen, Schreie in den Gassen – sie drangen nicht zu mir durch. Ich sah sie – wie sie ihre Lippen bewegten, wie sie bedächtig oder wutentbrannt ihr Gesicht verzogen – doch sie umgab nur Stille. Sie schenkten mir nicht den Genuss von beruhigendem, ablenkendem Lärm. Es war Stille – die mich verdammt.

Lange gehe ich. Und der Tod begleitet mich. Immer ist er da. Mal ist er einen Schritt voraus, mal schlendert er hinter mir her und manchmal gehen wir auch wieder Hand in Hand nebeneinander. Irgendwann kann und will ich nicht mehr denken. Und die Schritte sind alles was von mir bleibt. Und mein Schatten geht voran mit dem Aufgang der Sonne.

Er trennt sich von der Dunkelheit der Nacht und ist unendlich lang. Und dann kommt die Erinnerung. Dein Blick, der mich verzehrte. Deine Lippen, die mich verwöhnten. Deine Hände, die mich stärkten. Du, der du mich liebtest.

Und mir kommen – endlich – die Tränen. Tränen der Trauer, Tränen des Glücks. Tränen der Wut, Tränen der Verzweiflung. Tränen, die mich dich nicht vergessen lassen. Denn ich habe dich geliebt – liebe dich noch. Und auch wenn dort, in einer Schublade dein lebloser Körper liegt – in mir lebst du weiter. In meinem Herzen, meinen Gedanken, als Teil meines Lebens, bist du unsterblich. Ich nehme Abschied von dir. Und ich realisiere deinen Tod. Den du dir wähltest. Und der deine Entscheidung war. Denn es war dein Leben, und ich nur ein Teil, nicht aber der Besitzer. Du warst immer gut zu mir – liebtest mich aus reinem Herzen. Doch ich war nicht dein Leben. Du warst Teil meines Lebens – du bereichertest es. Und dafür danke ich dir. Dass du nicht mehr da bist, es macht mich traurig. Aber es macht dich nicht schuldig und auch mich nicht. Es zerstört mich nicht – und lässt dich nicht sterben. Deine Augen, sie werden immer bei mir sein. Deine Lippen, sie werden immer bei mir sein. Deine Hände, auch sie werden immer bei mir sein. Aber vor allem – deine Liebe wird immer bei mir sein. Denn sie ist unsterblich. Und ich merke wie die pralle Mittagssonne auf mich fällt und der Tod, der mal vor mir, mal hinter mir, mal neben mir ging, der Schatten ist wieder unter mir. Und ich weiß er wird wieder hervorkriechen, ganz langsam und lautlos. Und ich weiß er wird wieder wachsen – wird wieder in der Nacht versinken – wird wieder schrumpfen – wird immer da sein. Der Tod ist ein ewiger Schatten. Doch er macht nicht einsam.

Und ich höre das Zwitschern einer Meise. Die sich auf einer Parkbank niedergesetzt hat und mich mit ihren schwarzen Augen anstarrt. Und ich höre ihr Tirilieren und es überkommt mich solche Seligkeit bei dem Klang dieser Reinheit. Und ich höre Stimmen und Motoren – und ich spüre deine Liebe. Und der Tod ist mein ewiger Begleiter. Und er trägt in sich das Lebendige der Toten.

19. Mord

Und die Blätter fallen. Sie fallen – und fallen und fallen. Ihre frische Grüne lange verschwunden. Ihr Lebenssaft lange vertrocknet. Hartes, hauchdünnes Braun, das bei erster Berührung zerfällt. Die Schönheit ist vergangen. Der Glanz, die graziöse Beweglichkeit. Zurück bleibt – nichts. Nur ein schwacher Trost von Erinnerung. Denn auch die Adern sind ausgetrocknet. Es fließt keine Wärme mehr durch sie. Die Haut ist blass und die Hand kalt. Das Rot auf meinen Händen noch warm. Obwohl dein Herz gefroren war. Deine Augen sind matt, doch der Toten ist es egal. Die Lebendige hatte das Glitzern schon verloren. Der makellose Körper nun erschlafft. Starr. So wie er es schon lange war. Kein Leben mehr hatte in ihm gewohnt. Ich hatte nur die Formalitäten erledigt. Du hattest Mord am Geist begangen und der seelenlose Körper war Schande für dein vergangenes Ich gewesen. Beleidigung. Und er spottete und spuckte auf meine Erinnerung an dich. Er forderte es heraus. Er lachte leer und dreckig. Er hätte in den Augen Hass getragen wenn er gefühlt hätte. Aber er war emotionslos. Nichts befriedigte ihn. Nichts berührte ihn. Nichts kam ihm auch nur nah. Er lebte vor sich hin – mit einer Toten in sich. Und der Verwesungsgeruch stieg hervor aus dir. Die Fäulnis breitete sich mehr und mehr aus.

Und dein leerer Körper spottete. Und missbilligte. Und er zwang mich.

Ich lache. Dreckig, verzweifelt. – Voller Erleichterung. Kann endlich wieder lachen. Möchte die Welt umarmen, voller Glück, voller Kraft, voller Begierde. Und ich komme. Und ich würge den leblosen Körper und schlage ihn und trete ihn und spucke ihm ins Gesicht. Und zahle ihm sein Spotten zurück. Die bittersüße Rache lässt mich aufleben. Und mein Lächeln – oh mein Lächeln. Voller Triumph, voller Verachtung, voller Befriedigung. Du spottest nicht mehr auf meine Liebe. Nun bist du tot. Und du wirst verwelken. Starr bist du und kalt. Und dein Blut in meinen Händen ist noch warm. Obwohl dein Herz lange schon erfroren war.

Das Blut brannte noch. Du hast noch gelebt. Ganz tief in dir drinnen. Doch wie tief? Und ich sehe nach deinem nackten Körper und es zerreißt mich. Wie tief? Starr blicke ich zu dir nieder und dunkel wird mein Gesicht. Ohne die Augen von dir, von deinem Gesicht, deinen Brüsten und der weichen Mulde abzuwenden, entkleide ich mich. Und vögle dich so wie es gewesen war. Nur besser.

Und du taust auf. Dein Geist wird frei. Ich nehme ihn mit mir – immer mehr mit jedem Stoss, pumpe dich aus dem dreckigen Körper – beflügle dich. Und mit dem letzten Stoss blinzeln meine Augen wild, zucken – und ich verliere das Bewusstsein mit der Macht deines Geistes. Ein Schlag ins Gesicht.

Ich wache auf – auf dir liegend, kalt, ekelhaft und wunderschön. Und du lebst wieder. Bist wieder da – in meinem Herzen, in meiner Erinnerung, lebst endlich wieder. Und ich lache. Laut und unbeschwert. Und das Lachen ist Schluchzen.

20. Regen

Mama hat es immer genossen im Regen zu gehen. Wenn es anfing zu regnen, nahm sie sich die Zeit raus zu gehen und zu spazieren. Einmal fragte ich sie wieso sie das mache. Und sie antwortete sie möge es, wenn es egal ist ob man weint oder nicht, denn die Tropfen würden sich mit den Tränen vermischen:

Regen. Ich liebe den Regen. Der Duft der Frische, des Neuen ist so beruhigend. Alte Spuren in der Erde verwischen. Wäre es doch nur so leicht im Leben. Manchmal, wenn es regnet, da gehe ich durch ihn. Dicke Tropfen prallen auf die Haare, die Augen, das Gesicht, den ganzen Körper. Und wenn alles durchnässt ist, alles am Körper klebt, dann ist das irgendwie ein Gefühl von Frische, die Einbildung die Vergangenheit sei wie Erde und alles ist vergessen, zumindest für einige Augenblicke. Und dann stehe ich einfach da, hebe meinen Kopf ganz hoch und lasse die Perlen der Reinheit auf mein Gesicht schlagen. Und die Wucht ist so groß, dass ich die Augen schließe. Und ich hebe die Arme und wische den Strom von Tränen von dem eh schon nassen Gesicht. Denke mir, es ist so wunderschön. Regen. Ich liebe den Regen.

Und dann regnet es und ich will in ihm versinken, doch das geht nicht, denn die anderen hindern mich daran. Ließ ich mich in ihn fallen, die anderen würden nicht verstehen, sie würden sich fragen. Und ich sehe den Regen und verspüre Sehnsucht nach ihm, möchte ihn auf meiner bloßen Haut spüren, möchte, dass er niemals vergeht. Regen. Ich liebe den Regen. Und wünsche mir ich könnte eins mit ihm werden. Mich zu einer Pfütze sammeln und in mir Wellen spüren während ich mit jedem Tropfen wachse. Und dann kommt ein Kind und hüpft voller Glück mit seinen roten Gummistiefeln in mich und spritzt mich in alle möglichen Richtungen. Spaltet mich in viele Teile, denen es trotzdem an nichts fehlt. Und ich bilde viele kleine Pfützen, die mit dem steten Tropfen wachsen. Dann scheint die Sonne und ich gehe in die Luft über und wandere durch die Welt, ganz unauffällig und sachte. Dann kommt eine Windböe und ich rase durch den Raum. Sammle mich zu einer Wolke und regne ab. Und bilde eine Pfütze an einem zuvor unbekannten Ort. Spalte mich wieder. Sammle mich wieder. Wandere wieder. In der Unendlichkeit.

Seitdem liebe auch ich den Regen auf eine ganz besondere Weise.

21. Mein Bruder

Er war schon immer der Schlauere von uns beiden gewesen. Vor allem die Mathematik lag ihm. Als er eingeschult wurde, hatte er sich schon das Multiplizieren beigebracht. Ich schlug mich später in der zweiten Klasse mühsam damit rum.

Nach drei Jahre hatte er wohl den gesamten vorhergesehenen Schulstoff verstanden und suchte immer schwierigere Aufgaben. Trotzdem bestanden meine Eltern darauf, ihn bei `normalen´ Kindern zu lassen und ihn nicht auf eine besondere Schule zu schicken. Eigentlich meine Mutter. Meinen Vater interessierten solche Sachen nicht. Meine Mutter wollte nicht, dass er seiner Kindheit beraubt wurde. Sie hinderte ihn nie an seiner Leidenschaft, setzte ihn aber auch nicht unter Druck. Lobte ihn zwar, aber nicht so übermäßig, und schätzte genauso andere Eigenschaften an ihm. Er war trotz allem ein kleiner, glücklicher Junge. Ich weiß nicht, wie sie das schaffte. Es war nie ein Problem gewesen.

Na ja, bis sie nicht mehr da war. Da wurde seine Leidenschaft irgendwie zu einer Obsession. Er forschte nach immer verzwickteren mathematischen Aufgaben, unvorstellbar, dass ein Zehnjähriger sie überhaupt zu bearbeiten versuchte, und sperrte sich dann damit in sein Zimmer. Dann sah man ihn oft Tage nicht. Kam nie vom Zimmer zum Vorschein. Nicht einmal um sich etwas zum Essen zu holen.

Ich glaube, er schlief nicht einmal in dieser Zeit. Wenn er dann endlich die Lösung gefunden hatte, kam er mit leuchtendem Lächeln zu mir gestürmt und brabbelte irgendwelche komplexen Formeln und im Endeffekt versuchte er mir zu erklären wie es ging und ich verstand nichts. Aber ich hörte ihm immer geduldig zu, denn es war das Einzige, das ihn glücklich zu machen schien. Das Einzige, das ihn, wenn auch nur für Augenblicke, wieder zum Leben erweckte. Nur in diesem Augenblick.

Ansonsten waren seine Augen schwarz und starr und leer. Sie waren tot. Und er war ein solcher Mensch, den man sah, vielleicht kurze Bekanntschaft schloss und dann wieder vergaß. Und wer weiß, vielleicht hätte auch ich ihn vergessen, wären da nicht diese Augenblicke des Auflebens gewesen.

Die Zeit verging und die Aufgaben wurden schwieriger. Die Zeiträume seines "Verschwindens" länger. Er lernte mit solch rasender Geschwindigkeit. Einmal fragte ich ihn wie er das mache und er versuchte es mir so zu erklären, dass auch ich verstünde. Er sei wie ein Rechenapparat, ein Computer. Er speicherte Formeln und Regeln ab. Sobald er sie erarbeitet hatte, rief er sie ab um neue Formeln herzuleiten und sie wiederum abzuspeichern. Dann brauchte er nur noch die Aufgaben einzutippen und die Antwort flutschte raus. Das sei nur noch stumpfsinnige Arbeit. Das faszinierende war das Entdecken von neuen Formeln oder die Kombination von verschiedenen. Erst den Rechenweg herauszufinden um ihn dann abspeichern zu können. Danach wäre alles egal, langweilig.

Wenn er von Mathematik sprach, genauer von seinen Tüfteleien, dann fingen seine Augen etwas an zu leuchten und sein Mund formte ein halbes Lächeln, das nicht ganz seine Augen erreichte. Auch das war ein Lebenszeichen, wenn auch nur ein kleines.

Ich machte mir oft Sorgen um ihn. Der Tod unserer Mutter reichte bei ihm noch viel weiter als bei mir. Sie hatte uns beide in gleichem Maße geliebt, aber für ihn war ihre Bestätigung in einfach allem immer das Wichtigste gewesen. Er schätzte ihr Lob, ihre Kritik, ihr Interesse auch für die Sachen, die sie kein Stück verstand. Sie hatte ihm zugehört wie ich ihm später zuhörte, das seine Augen wieder etwas aufleuchteten lies. Nie mit dem Glanz, aber doch etwas.

Jeder Ausflug in seine Welt versetzte mich in einen tiefen Zwiespalt. Einerseits hatte ich Angst um ihn. Er kam immer erschöpft und ausgehungert aus seinem Zimmer wenn er es geschafft hatte. Andererseits war es schön zu sehen, dass er wieder etwas gefunden hatte, das ihm Lebensfreude gab. Doch meine Angst war nicht unberechtigt gewesen. Denn die Zeiträume seines Verschwindens in seine Welt wurden immer länger.

Wie er in seinem Zimmer dagelegen hatte, umgeben von Papieren über Papieren vollgekritzelt mit mathematischen Formeln und kleinen Skizzen. Begraben unter ihnen. Bedeckten den abgemagerten Körper, das bleiche Gesicht mit den roten, schwarz umrandeten Augen. Das weiße Lächeln der Glückseligkeit, da er die Antwort zu wissen schien. Er war verhungert und sein Körper war total erschöpft und überarbeitet gewesen. Doch er war glücklich gestorben. Für ihn war es der wundervollste Tod, den man ihn nur wünschen hätte können. Und es gab keinen Augenblick, in dem ich ihn deshalb nicht auch beneidete.

22. Wahnsinn

Wieso hast du mich verlassen. Ich vermisse dich so sehr. Ich brauche dich so sehr. Ohne dich ist alles so dunkel. Du warst mein Licht. Und es wurde mir geraubt. Wieso bist du gegangen? Ich brauche dich doch. Ich kann nur noch stolpern und schwanken, weil alles so dunkel ist. Bring wieder Licht in mein Leben. Ich brauche dich.

Ich möchte eine heiße Spur deinen Nacken entlang küssen. Möchte ihn knabbern, ihn beißen, ihn saugen. Ihn vertilgen. Möchte dein süßes Blut schlürfen. Dass es meine Lippen verfärbt und meinen Körper entlang läuft. Möchte meine Hände damit füllen und über meinen Körper verteilen und möchte dich umarmen, mit dem ganzen Körper bedecken und dich mit deinem eigenen Blut umhüllen um es dann von dir abzulecken. Mit meiner Zunge spielerisch abzulecken und dich heiß zu machen. Und dich zum Betteln zu bringen. Damit ich dir alle Wonnen bringe. Und deine Augen werden matt sein und deine Pupillen groß und schwarz. Und deine Lippen werden meinen Namen schreien und ich werde dich in den Wahnsinn treiben. Werde dich wieder und wieder in den Wahnsinn treiben. Und deine Augen werden tränen vor solcher Schönheit und deine Tränen werden einen schmalen, hellen Weg durch das blutverschmierte Gesicht bilden und ich werde deine Tränen mit meinem Daumen wegwischen und dein heller Teint, deine weiche Haut wird wieder zum Vorschein kommen und ich werde dich wieder küssen. Werde nicht anders können. Und werde dich ein letztes Mal in den Wahnsinn schicken. Und werde dich das erste Mal dabei begleiten. Werde in dich eindringen und ganz langsam mit dir Liebe machen. Und werde fester und schneller stoßen bis wir beide zusammen uns dem Wahnsinn huldigen.

Baby, du willst es doch auch. Brennst du nicht schon jetzt? Wird dir nicht jetzt schon heiß, bei der Vorstellung? Komm zurück und ich werde es zur Wirklichkeit machen. Ich verspreche es dir und ich werde es genießen. Und du verdammt noch mal wirst es lieben. Und du wirst wollen, dass es nie aufhört. Und ich werde eine Ewigkeit für dich da sein. Denn wir gehören zusammen. Für immer. Denn ich bin dein Steve. Und du bist meine Anna. Und es ist so vorbestimmt, dass wir eins sind. Denn du treibst mich in den Wahnsinn.

23. Hass

Du blicktest und deine Augen waren von Hass erfüllt. Du schlugst auf sie ein und blinde Wut steuerte dich. Ließ jede Bewegung zum Reflex werden. Du verletztest aus Hass und Wut, auf dich, richtetest sie gegen sie. Ihr Schmerz war groß, deiner ist größer. Du verletztest sie so sehr mit deinem Handeln, doch es war aus Hilflosigkeit.

Du möchtest nicht so weiter leben. Beneidest die anderen weil sie zufriedener sind. Hast Hass auf dich, denn du vermagst es nicht. Projiziertest ihn auf sie. Versuchtest sie so zu verletzen. Versuchtest ihre innere Ruhe und Zufriedenheit, ihre Hoffnung so zu zerstören wie es deine ist. Vollbrachtest es nicht, denn die Schläge berührten ihren Körper, ihre Gefühle zu dir, ihre Psyche, doch ihre Hoffnung blieb beständig. Ihre Augen blieben erfüllt, wenn auch von Schmerz und Angst. Deine blieben leer. Sie änderten sich nicht, füllten sich nicht mit ihren Schreien und Schluchzen. Blieben schwarz und leer und hoffnungslos. Du tust mir leid und ich verabscheue dich, denn es ist nicht gerecht andere verletzen zu wollen, es zu machen, aus Hass und Wut und Abscheu vor einem selbst. Ein Vorbild sollst du sein. Ein Richtbild bist du. Wie du, Vater, möchte ich nicht enden.

24. Die andere Welt

Ich habe geträumt und eigentlich war es kein schlechter Traum. Aber – kennst du das, wenn du träumst und es ist so realistisch, dass du nicht weißt, dass du träumst? Du ziehst es nicht einmal in Erwägung. Wieso sollte man es auch als Möglichkeit sehen? Macht man ja auch nicht an jedem anderen normalen Tag. Alles ist einfach so realistisch. Und wenn du aufwachst, dann fragst du dich was du hier machst, denn den Tag zuvor – Nein! Es war nur Traum! – warst du doch ganz woanders. Und der Traum – ja, ein Traum – war so realistisch, dass du im ersten Moment denkst die Wirklichkeit sei Traum. Denn der Traum war so realistisch und ... logisch. Irgendwie auf jeden Fall. Und wenn du aufwachst – richtig aufwachst, dann denkst du du hättest geschlafen und wärst jetzt da, wo du im Traum warst. Und obwohl viel in dem Traum total verwirrend und irgendwie ganz unrealistisch war, war alles so realistisch. Plötzliche Ortswechsel, Zeitsprünge, aber sie ERSCHEINEN einem nicht unrealistisch, sie sind so realistisch. Und dann wache ich auf und frage mich wieso ich wieder hier bin und plötzlich merke ich, wie ein Schlag ins Gesicht, es war nur Traum. Und es ist verdammt früh. Und ich bin einfach total erschöpft und fertig. Und ich kann nicht sagen, dass ich schlecht geträumt habe, aber – der Traum selbst war nicht schlecht, kein Alptraum. Das hätte alles zu UNrealistisch gemacht. Aber wenn du aufwachst und realisierst, dass es nur Traum war und du dich noch an ALLES erinnern kannst und es noch mal durchlebst, dann fühlst du dich total ... kaputt. Und du findest nicht in die Wirklichkeit. Denn du hast etwas durchLEBT, das nicht in diese Wirklichkeit gehört. Und das wirft dich total aus der Bahn.

25. Das GPI 500

Ich blicke auf. In die blendende Sonne. Schließe meine Augen dagegen. Und goldene Sterne dringen in mich ein. Durch meine Augen. Und meine Augen sind ein Sog. Und ziehen sie an. Und dann öffne ich die Augen wieder und der Sog dreht sich. Und es zieht an mir. Zieht an jeder Stelle des Körpers. Und ich weiß es sind nicht nur die Sterne wieder aus meinen Augen gezogen worden. Und ich muss lachen vor lauter Erleichterung. Und um nicht zu erkennen was ich verloren habe.

Mir tränen die Augen vor all dem Lachen – zumindest rede ich mir das ein. Gehe schon die ganze Zeit stetig weiter auf dem Boden und nehme plötzlich eine Veränderung wahr. Nicht mehr der gleiche rote Boden. Es raschelt unter meinen Schritten und ich sehe zu meinen Füßen. Der Boden ist mit abertausenden – nein, viel mehr – Zeitungen ausgelegt. Und ich hebe eine auf, setze dazu an, doch plötzlich kommt ein Wind auf und weht die Zeitung fort. Greife nach einer anderen, doch auch diese wird wenige Zentimeter vor meinen Fingern weggeblasen. Ich wiederhole den Vorgang etliche Male. Versuche den Wind zu überlisten. Renne den Blättern hinterher. Schmeiße mich mal zu Boden, doch lande nur auf Rot und Zeitungen wehen in der Luft. Sie steigen und steigen und berühren nicht wieder den Boden. Und doch kann ich nicht aufgeben zu versuchen. Die Hoffnung aufgeben. Bis nur noch eine da liegt. Und ich schreite zu ihr, ganz bedächtig, will sie eben aufheben. Da kommt wieder dieser eigenartige Wind und die Zeitung hebt sich und ich fühle so große Trauer. Und sie flattert in meine Hände, die ich gerade gehoben habe um mein Gesicht in ihnen zu vergraben.

Es ist eine Werbeanzeige.

DAS GPI 500 FÜR JEDERMANN

Steht als dicke Oberschrift da.

Dann sind einige kleine Abbildungen von Jungen darunter. Unter der ersten steht "Jungen mit einer zu schwachen linken Herzhälfte". Unter der zweiten "Jungen mit einer zu schwachen rechten Herzhälfte". Die dritte "Jungen mit harmonischen Herzhälften". Die Vierte "Jungen mit Übergewicht, also Fettklößchen". Und die Fünfte "Jungen mit Untergewicht, also Schwächlinge". Eine letzte Sechste zeigt ein Bildchen mit Untertitel "Starke Jungen". Unter den Zeichnungen, die die Jungen darstellen, ist ein Text abgedruckt, der lautet:

Das neue GPI 500 ist ein Klavier, das für jedermann geschaffen ist. Der wunderbare Klang überzeugt bereits die kritischsten Musikliebhaber, die Medizin sieht es als gesundheitsfördernd an. Ärzte stellten zum Beispiel eine positive Wirkung auf die Entwicklung von Jungen fest. So wurde die rechte

Herzhälfte gestärkt bei Jungen, deren rechte Herzhälfte zu schwach war. Genau entgegengesetzt verhielt es sich bei Jungen mit einer zu schwachen linken Herzhälfte. Jungen mit harmonischen Herzhälften bemerkten keine Verschlechterung, eine Stärkung gleichermaßen fand statt. Übergewichtige Jungen nahmen ab, Untergewichtige nahmen zu. Starke Jungen verspürten Entspannung, die ihnen weitere Kraft spendete. Mediziner gehen so weit dies als ein neues Wundermittel anzusehen.

Schon lange ist die positive Wirkung von Musik auf den Menschen bekannt, jedoch so überzeugende Ergebnisse sind einmalig. Ob für geübte Finger oder Anfänger ist dieses Klavier das perfekte Modell. Der Tastenanschlag ist weich und die Schwingungen der Seiten sehr klar.

Auch das Umfeld der Testpersonen stellte Veränderungen in sich fest. Zuhörer fühlten sich glücklicher und stärker, depressive Menschen fanden sogar wieder Hoffnung. Doch am überzeugendsten war die Auswirkung auf den Pianisten. Verpassen sie nicht diese Gelegenheit und bestellen sie deshalb schon heute dieses Wunder an Klavier. Sie und ihre Freunde werden es nicht bereuen. Denn sie erwerben nicht nur ein erstklassiges Klavier, sondern auch neue Lebenskraft.

26. Der Ausdruck deines Blickes

Eine Welt, so groß wie eine alte traurige Eiche für die Blattlaus auf der Rückseite des Blattes eines Zweiges eines Astes einer diesen erscheint, weltet.

Ein Mensch, so scheu wie ein gerade eben geborenes Reh, das wilde Eltern, die die Ruhe, die doch so selten herrscht, schätzen, entstammt, menscht.

Ein Gesicht, so jung wie eine Blüte, die kaum aus der Knospe, die an einem alten und doch frischen Baum eines ewigen Waldes, der grün und mächtig erscheint, nährt, hervorschaut, sichtet.

Ein Auge, so klar wie ein Tropfen Wasser, der einem rauen alten Felsstück eines mächtigen großen Gebirges, das scharfe, gefährliche Vorsprünge, die wenn man sie achtet, ungefährlich sind, hat, entspringt, äugt.

Eine Pupille, so schwarz wie die Nacht eines sternenlosen Himmels eines dunklen ruhigen Daseins, der auch vom Mond verlassen ist, pupillt.

Ein Blick, so warm wie ein Sonnenstrahl des noch reinen, frühen Morgens eines noch ungelebten, heile Tages auf der noch unberührten so zarten bloßen Haut eines noch beinahe kindlichen Körpers, blickt.

Der Ausdruck deines Blickes deiner Pupillen deiner Augen deines Gesichts, von dir, der in dieser Welt haust, sagt so viel.

Denn ich verstehe.

Und doch...

27. Die Geschichte eines Mannes

Es gab einmal einen Mann. Er führte eine glückliche Ehe und hatte ein gesundes Kind. Er war erfolgreich im Berufsleben. Die Sonne schien für ihn jeden Tag, ob es nun draußen regnete und stürmte war ohne Bedeutung, die Sonnenstrahlen waren seine Frau, sein Kind, sein ganzes Leben. Die Wärme in seinem Herzen strahlte er durch seine Augen aus. Lies andere daran teilhaben. Er ging durch die Welt mit einem Lächeln auf dem Gesicht, grüßte wildfremde Leute, wünschte ihnen einen schönen Tag. Doch eines Morgens fing es an zu regnen. Der Mann ging in die Arbeit um dort von seiner Entlassung zu erfahren. Es tröpfelte. Der Mann ging nach Hause, niedergeschlagen, verzweifelt. Seine Frau tröstete ihn und versuchte ihm Kraft zu geben, Stärke und Hoffnung. Der Mann schrieb Bewerbungen, bemühte sich um eine neue Arbeit. Er war ohne Erfolg. Es nieselte. Der Mann war verzweifelt, fühlte sich unnütz, war frustriert. Seine Frau versuchte ihn aufzurichten, doch er reagierte mit Kälte. Das Paar distanzierte sich, sie redeten immer weniger miteinander, gingen sich aus dem Weg. Es regnete. Eines Tages wurde das Kind von einem Auto angefahren. Es musste ins Krankenhaus. Es musste operiert werden. Es fiel ins Koma. Es schüttete. Der Mann ging nach Hause. Er traf seine Frau in den Armen eines Anderen an. Er ging zurück ins

Krankenhaus und setzte sich neben das Bett des Schlafenden. Er weinte. Es stürmte. Der Mann wachte in der Früh auf. Er war eingeschlafen. Er stand auf, er ging spazieren. Durch die Stadt. Er blieb auf der Brücke stehen, blickte zum starkströmigen Fluss hinunter. Er hatte nie das Schwimmen gelernt. Er dachte daran sein jämmerliches Dasein zu beenden. Er hörte eine Stimme. Sie klang warm und hell. Sie wünschte ihm einen schönen Tag. Der Mann drehte sich um und sah eine Frau, die an ihm vorbei ging und ein strahlendes Lächeln in ihrem Gesicht trug. Der Mann lächelte zurück. So lange hatte er nicht mehr gelächelt. Es war ein eigenartiges Gefühl. Er blickte zum starkströmigen Fluss hinunter. Er drehte sich um und ging zurück zum Krankenhaus. Er ließ die Sorgen und Ängste zurück, der starke Strom zog sie mit sich in die Ferne. Er traf seine Frau im Krankenhaus und sprach sich mit ihr aus. Am nächsten Tag kam ein Brief mit der Einladung zu einem Vorstellungsgespräch. Eine Woche später wachte das Kind wieder aus dem Koma auf. Die Sonne schien und die Wärme in seinem Herzen strahlte er durch seine Augen aus. Er lies andere daran teilhaben indem er mit einem Lächeln durch die Welt ging und wildfremde Leute grüßte, ihnen einen schönen Tag wünschte.

28. Das Spielfeld

Wie bei der Massenanfertigung plumpsten wir vom Fließband. Und rissen ein Stück Papier von der Endlosrolle ab, auf dem wir gesessen hatten. Immer wieder lag Scheiße zwischen uns. Berge weichen dunklen Brauns. Das Training begann. Verfolgungen. Berechnen vom Weg um den Flüchtigen zu fangen. Seine Geschwindigkeit, Richtung, Abstand und so der Winkel, in dem man laufen musste mit bestimmter Geschwindigkeit um ihn einzuholen. Stunden dieses Training. Und Erschöpfung spiegelte sich in den Gesichtern aller wieder. Und der Trainer nahm eine Handvoll Scheiße und presste sie gegen meinen Mund, rieb sie, verteilte sie in meinem Gesicht, schob sie in meinen Mund, dass ich brechen wollte.

Es war ein hartes Training und obwohl es seine übliche Methode bei denen, die nicht mehr schnell genug, flink und fit waren, war, lies ich es mir nicht gefallen. Er ging arrogant zu den anderen, mit seinem schlendernden Gang und den langen kräftigen Beinen. Und ich bückte mich und nahm eine Handvoll Scheiße und rannte ihm hinterher, rannte ganz den Berechnungen nach, mit all meiner Kraft und stürzte mich auf seinen Rücken und schob ihm die Schieße in seinen Mund und lachte. Und er drehte sich um, sah mich an und schon war Chaos ausgebrochen. Fliegende Scheiße um mich herum.

Überall Scheiße. Alle waren ausgerastet. Alle rannten, warfen, wichen aus und steckten irgendwann mal ein. Wie von nirgends hatte jeder neue Kraftreserven und das Trainingslager hatte sich in eine riesige Scheißorgie verwandelt. Und irgendwie war es ekelerregend. Doch niemand schien das noch richtig wahrzunehmen. Wie die Scheiße in deinem Mund haftete und du sie nur teilweise ausspucken konntest. Denn es haftete an Zunge, Gaumen, Zähnen, überall. Und deine Hände, Klamotten oder auch irgendwas anderes waren auch voll Scheiße, denn du warst mit ihr beworfen worden. In sie gefallen. Hattest in sie und nach ihr gegriffen um das Ziel in jemandem anderen zu finden. Und so hätte man nichts reinigen können. Da man es nicht ändern konnte, dachte man nicht daran. Lief mit einem Mund voller Scheiße rum und lachte dabei. Stunden vergingen und nichts hatte sich an dem Zauber geändert. Noch immer kraftvolle Körper. Noch immer dieses unaufhörliche Lachen, noch immer die stinkende Scheiße auf Sonderflug. Und dann setzte sich einer. Und die Magie verflog. Und es setzte sich ein zweiter. Dritter Vierter. Und plötzlich saßen alle. Lagen alle. Von Erschöpfung durchdrungen. Und es blieb eigentlich nur noch eine Frage. Woher war eigentlich die ganze Scheiße gekommen. Und der Geruch von Erbrochenem nahm mit jedem Augenblick zu. Und ich neigte mich auch zur Seite um mich dem Konzert anzuschließen.

29. Dein Blick

Neulich saß ich dort, wo ich meist sitze. Ich blickte zu keinem bestimmten Punkt, wie es meine Art so ist. Und ich war fern. Die Sicht wird dann unscharf und unsortiert. Für andere mögen meine Augen leer sein. Aber ich bin einfach tief in Gedanken.

So kam es, dass ich an einem Tag meine Wahrnehmung wieder aufklärte, was nichts besonderes darstellte, da immer irgendwann dieser Moment kam. Das, was den Augenblick dieses Mal auszeichnete, war, dass das Erste, was ich sah – dein Blick war. Ich verharrte in ihm. Viele hätten weggeblickt – aus Verlegenheit oder der Angst den Eindruck von Interesse zu erwecken. Aus der Ungewissheit wer diesen Blick schenkte. Auch du hieltest meinem Blick stand – und das gefiel mir. Du hattest mich beobachtet. Ich wusste es – denn deinen Augen verrieten mehr. Ich erkannte, dass du ein Meister im Verhüllen der Augen warst – aber es nie verlernt hattest sie zu öffnen. Das, was sie sagten, lies mich fast erschauern, plötzliche Wärme durch den Körper jagen. Innerlich lächelte ich – denn du hattest nicht Leere in meinen Augen gesehen – sondern Versunkenheit in die verborgene Welt.

Kein Lächeln schmückte dein Gesicht, kein Glitzern reflektierte sich in deinen Augen – ich genoss diesen Ausdruck. Er war frei von jeglicher hinderlichen Gefühlsrichtung und strahle diese angenehme Ruhe aus. Er war voll von Verständnis – und Begierde. Mir war so etwas noch nie geschehen – nicht in solchem Maße. Es erschreckte mich fast – hätte sich in mir nicht auch solch eine Ruhe ausgebreitet. Gelassenheit und – einfach so ein Vertrauen. Minuten vergingen, in denen wir diesen Blickkontakt hielten – und es berührte mich.

Vielleicht war es Sturheit, die dich hielt – vielleicht war es das auch bei mir. Aber ich glaube es war die Faszination. Die Welt um uns herum wurde unscharf und unsortiert. Alles außer der andere verschwamm – wurde nicht mehr wahrgenommen. Nur das Wesentliche – das Wichtige – das Wirkliche blieb.

Und dann – es riss mich so aus diesem Zustand – legte er seine Hand auf meine Schulter. Abrupt sah ich neben mich – blickte in sein leuchtendes Gesicht. Die Augen schließend erhob ich mich und ging zu ihm und strich ihm sanft über die Wange und auch er schloss seine Augen. Und ich sprach zu ihm mit meinen versiegelten Lippen.

Nach einer Zeitlosigkeit hob ich langsam, schwer, verführerisch meine Lider. Ich hob meinen Blick und auch deine Augen waren wieder frei. Frei von mehr als zuvor. Deine schwarzen, großen und matten Pupillen – sie brachten dich mir so nah. Und wir gingen – in stillem Einverständnis.

Als wir in dem Zimmer ankamen, nahm er meine Hand.

Er umschloss sie mit seiner durchdringenden Wärme und noch einmal trafen sich unsere Augen. Die Berührung seiner Fingerspitzen war so – erotisierend und ich senke langsam – ach so langsam – meine Lider in stillem Genuss. Kaum dass das Schwarz mich umhüllt hatte, hob ich auch jene wieder und spürte Wärme. Und so, wie er mir diese Wärme gab, so gab ich ihm Kälte. Sie war nicht unangenehm. Nein – es gibt unangenehme Kälte – doch es gibt auch diese beflügelnde Frische. Wie der frühe Nebel – getränkt von Tau – umhüllt von Stille – der dir das Gefühl gibt den ersten Atemzug seit Jahren zu machen. Und er durchfließt jede Faser deines Körpers und du – genießt.

Und es war mir heiß und kalt zugleich. Ebenso wie ihm.

Und unsere Lippen trafen sich und versanken in dem bittersüßen Spiel unserer Zungen. Sanft und aggressiv und zärtlich und – belebt. Es ließ mich brennen und ihn schaudern. Gänsehaut überlief seinen Nacken, den ich mit meinen Händen umschloss. Und sie prickelte auf meiner Haut und erregte mich nur noch mehr. Nie hätte ich mir etwas so starkes vorstellen können. Ich wusste, dass, sobald es vorbei sein würde, dieses Gefühl unrealistisch – geträumt – nur noch schattenhaft wirken würde. Doch – es machte mich nicht traurig – es gehörte dem Augenblick. Und nichts als er war wichtig.

Als er mich an sich heranzog spürte ich, dass seine Begierde meiner gleichkam. Das besondere daran war, dass – anders als man vermuten könnte – keine Hektik aufkam – keine Kleidungsstücke ungeduldig vom Körper gerissen wurden – nicht dieser Drang bestand. Es war Ruhe. In der so viel mehr im Spiel war. Und als sich unsere Lippen trennten und sich wieder unsere Blicke trafen – da zitterte ich und er verstand. Er hatte erkannt – so wie ich erkannte. Und dann hob ich meine Hand und sie war nun ruhig, gefasst, und sie streichelte auch so sanft über seine kalte Wange und es war solch ein Kontrast. Denn meine Finger hatten seine Wärme in sich aufgesogen und seine Wangen meine Kälte. Wir wussten – es würde nicht mehr geschehen. Denn das, was uns verbindet ist mehr. Und wir wissen – wir werden uns nicht wieder sehen. Wir wissen – alles andere wäre zu viel gewesen – oder zu wenig. Wir wissen – der Augenblick war etwas besonderes. Wir wissen – solch einen Augenblick darf man nicht festkrallen, nicht in der Faust zerdrücken, nicht mit Gier zerstören.

Denn dein Blick – ich genoss ihn und deine Wärme – ich genoss sie und unser Kuss – er verband unsere Seelen. Und die körperliche Welt geht unter – doch wir bleiben vereint.

Und er fasste meine Hand, die an seiner Wange lag und führte sie zu seinem Mund. Und küsste sie. Und ich schloss meine Augen, langsam, schwer, den

Atem einziehend, haltend und langsam, durch den leicht geöffneten Mund, ausatmend, ihn auf mich einwirkend. Und genoss.

30. Nachts

Ich liebte es schon immer in der Nacht spazieren zu gehen. Die kühle Frische. Das freie Atmen. Die vollkommene Stille. Ich ging meist stundenlang ohne es richtig wahrzunehmen. Versunken in Gedanken und Träume. Starrte Löcher in die Luft. Schaute einfach ins Nichts. Alles um mich herum unscharf. Manchmal auch am Tag.

Stimmen klingen dann dumpf und fern. Ein Augenschlag und man ist wieder auf dieser Welt. Minuten erschienen wie Sekunden. Alles ist fern, das soeben Gesagte vergessen. Nachdenklichkeit, ohne zu wissen wieso und was dazu führte. Alles ist nah, das soeben Gedachte. Die Gedanken schweifen ab von den Stimmen. Ein Kopfschütteln, man ist wieder da. Die Stimmen sind laut, lauter als sonst. Man sehnt sich nach Stille. Auf einmal Stille, beruhigende, sanfte Stille. Die Stille verwandelt sich in Schweigen. Hartes, herzloses Schweigen. Man wird nachdenklich, versinkt in sich selbst, der Kreis ist geschlossen. Jemand fängt an zu reden und ich höre nichts. Nichts, einfach nichts. Alles ist unklar, alles verschwommen, alles schmilzt dahin wie der Schnee in der Sonne. Nichts ist zu sehen, nichts ist deutlich, erkennbar. Jemand sagt etwas, doch ich höre nicht zu. Plötzlich ist alles wieder scharf, ich höre Worte, fragte mich worum es geht. Ich konzentrierte mich auf das Gesagte, bin wieder da. Meine Gedanken sind fern, ich bin wieder auf der oberflächlichen Welt, ganz ohne Gefühle. So oft diese Situation.

Und in der Nacht, da waren nicht die dumpf klingenden Stimmen, die einen aus diesem wohlwollenden Zustand rissen. Die Welt, die einen zwang das Bedürfnis in sich zu hören zu verschieben auf ein anderes Mal. Nur der satte Mond. Kühle Frische. Freies Atmen. Vollkommene Stille. So war ich mir auch nicht sicher, ob ich es mir einbildete oder Realität sah. Ich kam am Friedhof vorbei und hörte Stimmen. Sie klangen fern, wurden mit jeder Minute lauter. Gesang. Ich ging zum Tor, ein ächzendes Geräusch als ich dagegen drückte. Machte das Tor nur so weit wie nötig auf um dem Gesang sofort wieder lauschen zu können. Das Knarren verstummte. Ich zwängte mich durch den Spalt. Ging einige Schritte. Erkannte auf der anderen Seite vom Fluss weiße Punkte. Monotoner Gesang immer klarer. Die weißen Punkte immer größer. Nahmen Formen an. Minuten verstrichen. Klarere Konturen. Gesichter. Eine Prozession von vielen bleichgesichtigen Menschen. In schwarzen Kutten gekleidet. Schwere braune Kreuze tragend oder Weihrauch schwenkend. Vier von ihnen eine große Kiste schleppend. Ein Sarg. Der Gesang. Klare Stimmen, monoton in "O Fortuna" eingestimmt. Schritten im Takt. Ausschließlich Männer. Geschorene Glatze. Weißer Antlitz. Leere Augen. Im Gleichschritt über die alte hölzerne Brücke. Sie hätte unter dem Gewicht brechen müssen, gab nicht nach, trug hartnäckig die schwere Last. Sie näherten sich einem ausgehobenen Grab. Blieben davor stehen, verstummten. Nur noch wenige Meter zwischen ihnen und mir. Nahmen mich nicht wahr oder sahen es als gleichgültig. Setzten den Sarg auf die Senkvorrichtung. Einer der Männer trat hervor. Als Einziger nicht vollkommen in Schwarz gekleidet. Ein weißer Schal mit roten mir unbekannten Schriftzeichen verziert um seine Schultern. Er hielt ein Buch in den Händen. Schwarz mit goldenen Buchstaben. Der Titel. Das Mondlicht. Gold reflektierte und glänzte. Der Mann schlug das Buch auf und fing an von den gewellten Seiten zu lesen.

"Ein Bub wurde in einer finsteren Nacht voller Gewalt gezeugt. Die Mutter war unwillig und der Vater betrunken. Den wir hier zu Grabe tragen." Es dämmerte schon. Der Mann klappte das Buch zu.

Ich erkannte den Titel. Der Name.

Ralf Memminger.

Ich stürme zu ihm hin, reiße ihm das Buch aus der Hand. Schreie ihn an.

"Es ist meins. Es ist MEINS."

Schrei.

"Es ist meins."

Schreie bis ich heiser werde und nur noch krächze. Bis meine Stimme ganz verloren geht und ich in einem lautlosen Schrei wieder und wieder die Worte forme.

"Es ist meins."

Und die Prozession verschwindet, die Männer, der Sarg, das ausgehobene Grab.

Der Tag beginnt. Ich knie nieder, vergrabe mein Gesicht in meinen Händen. Weine all die ungeweinten Tränen aus. Blicke nach oben und sehe.

Ich knie vor deinem Grab, Julia.

Zur Autorin

An einem ... so hoffe ich doch ... wunderschönen 14. November erblickte ich das Licht der Welt, wurde aus der Geborgenheit des Mutterleibes gerissen. Es wurde das Jahr 1982 geschrieben und damit fing das ganze an. Sara Adams hieß das Mädchen.

Ich könnte nun natürlich eine Kurzfassung meines Lebens geben... aber ich glaube nicht, dass die Ereignisse im Leben entscheidend sind, sondern wie man mit ihnen umgeht.

Allein ein paar Worte zu meiner Schreibentwicklung. Schon als ich 5 war, wollte ich Schriftstellerin werden, wer weiß wieso. Dieser Wunsch blieb bestehen. Mein erstes einschneidendes Erlebnis hatte ich wohl in der 6. Klasse. Ich schrieb eine Themaverfehlung ... wobei ich meinen Text noch heute schön finde. Wir sollten eine Erlebniserzählung schreiben, was mir reichlich gewöhnlich vorkam. Daher beschloss ich aus der Sicht eines kleinen Mädchens zu schreiben, das ihren Teddy am Flughafen verloren hatte. Die kindliche Ansicht und die übertriebene Anhänglichkeit zu einem Kuscheltier, wie ich es darstellte – meiner Meinung nach sehr nachvollziehbar für ein junges Mädchen – verhalfen mir zu eben dieser Themaverfehlung. Ich nahm das meiner Deutschlehrerin ziemlich übel – doch zumindest hatte ich meine Absicht vermittelt.

Mit 13 dann verspürte ich an einem Abend solches Bedürfnis zu schreiben. Und schrieb mir 9 Seiten vom Leib. Über meine Gedanken, Gefühle, Vorwürfe, Enttäuschung. Das leere Blatt – so fand ich heraus – hörte immer zu. Allerdings ruhte mein Stift dann wieder ein gutes Jahr. Bis ich anfing Tagebuch zu führen. Nicht unbedingt ein herkömmliches, denn Geschehnisse fanden dort keinen Platz, nur Gedanken und Gefühle. Vermutungen. Träume. Vorwürfe. Enttäuschung. Das ging circa zwei Jahre. Wir sind jetzt also bei dem Alter von 17. Mit 16 hatte ich angefangen ein paar Kurzgeschichten und Gedichte zu schreiben. Doch dann hörte ich auf. Sendepause. Schreiben tat mir nicht gut. Ich wurde mir über vieles bewusst, und vieles tat weh, zerstörte mich fast. Ein halbes Jahr.

Dann fing ich wieder an. Doch ich setzte mir die Bedingung nicht über mich zu schreiben, nicht von meinem Leben, sondern etwas fern von mir, etwas Erdachtes, etwas Kreatives. Heraus kam eine Vielzahl von kurzen Texten. Abgesehen davon habe ich viele Briefe geschrieben. Viele viele Briefe. Fiktive – Wahre – Erträumte. So ist das Schreiben zu einem Teil meines Lebens geworden. Einem Teil, den ich weder positiv noch negativ bewerten will, der mich jedoch sehr geprägt hat.

Ich wollte Schriftstellerin werden, ich bin es geworden. Ob man ein Buch veröffentlicht oder es erfolgreich ist, ist im Herzen nicht entscheidend.